転生した大聖女は、聖女であることをひた隠す 3

十夜
Illustration chibi

あらすじ

前世大聖女にして、最強の魔物・黒竜を従魔にもつ、
ルード騎士家の末子・フィーアは、
かつて魔王の右腕に「聖女として生まれ変わったら殺す」と脅されたため、
今世では聖女であることを隠し、騎士団に入団する。

しかし、初めての魔物討伐に向かったところ、
新人騎士にあるまじき魔物の知識を披露してしまう。

そのため魔物を使役する第四魔物騎士団へ赴くことになったフィーアは、
従魔のケアも大切と教わり、
王都近くの森で黒竜・ザビリアを呼び出すのだが…。
それが黒竜目撃情報となり、
第四、第六騎士団による「黒竜探索」という事態に発展。

その探索の最中、フィーアを狙う二頭の青竜が出現。
自分にとってフィーア以上に大切なものはない、と確信したザビリアは、
青竜を撃退後、全ての竜を従える黒竜王となる、
としばしの別れを告げ旅立ったのだった——。

登場人物紹介

フィーア・ルード

ルード騎士家の末子。
前世は王女で大聖女。
聖女の力を隠して騎士になるが…。

ザビリア

フィーアの従魔。
世界で一頭の黒竜。
大陸における
三大魔獣の一角。

サヴィス・ナーヴ

ナーヴ王国
黒竜騎士団総長。
王弟で
王位継承権第一位。

シリル・サザランド

第一騎士団長。
筆頭公爵家の当主で
王位継承権第二位。
「王国の竜」の二つ名を
持つ。剣の腕は騎士団一。

デズモンド・ローナン

第二騎士団長兼憲兵
司令官。伯爵家当主。
「王国の虎」の二つ名がある。
弟に婚約者を取られて以来、
女性全般を信頼していない。

ザカリー・タウンゼント

第六騎士団長。
部下からの人気は絶大。
男気があって、
面倒見がよい。

カーティス・バニスター

第十三騎士団長。
元第一騎士団所属。
騎士団長の中では最弱？

WORLD MAP

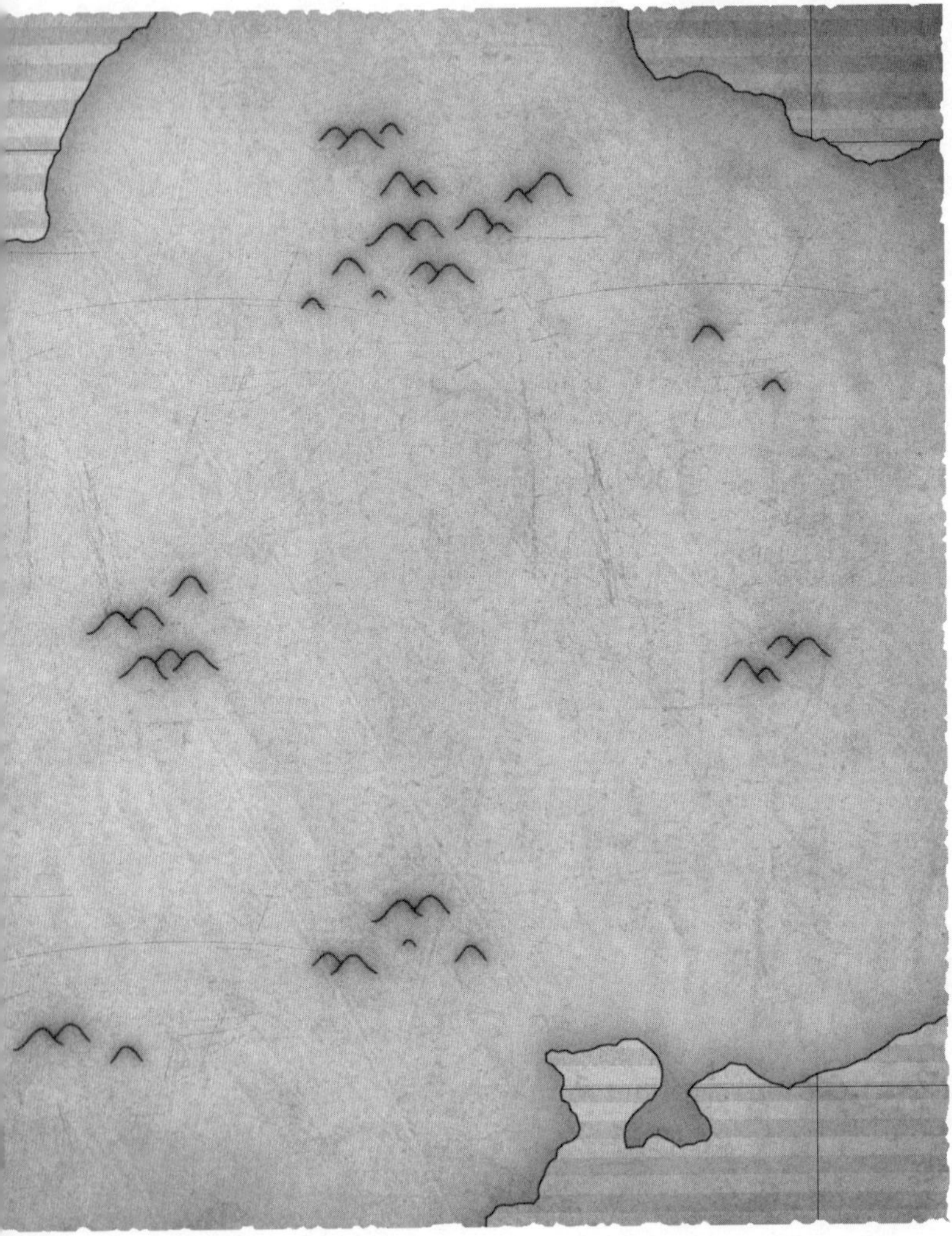

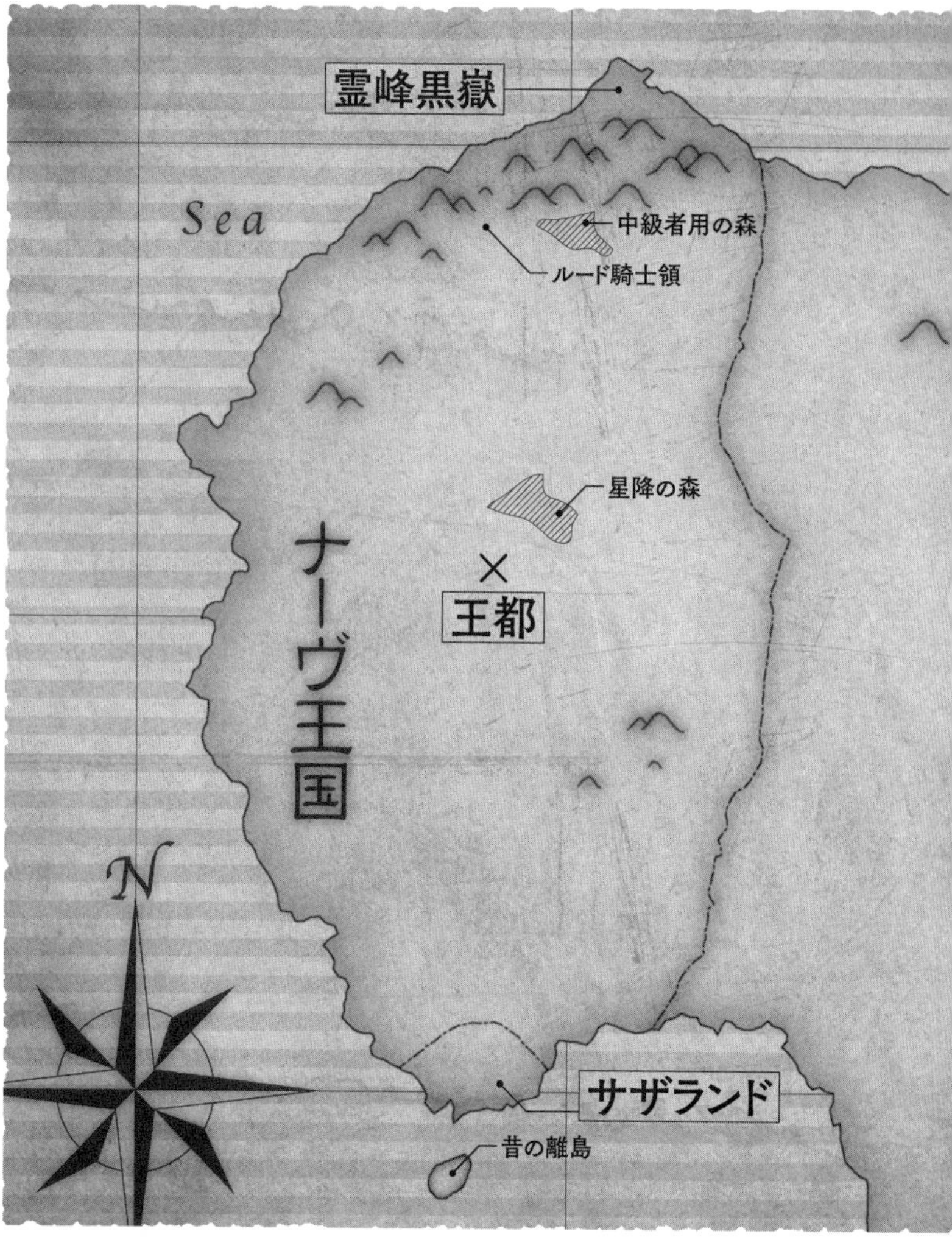
霊峰黒嶽
Sea
中級者用の森
ルード騎士領
星降の森
ナーヴ王国
王都
N
サザランド
昔の離島

ナーヴ王国黒竜騎士団

総長 サヴィス・ナーヴ

	騎士団長	副団長	団員
第一騎士団（王族警護）	シリル・サザランド		フィーア・ルード、ファビアン・ワイナー
第二騎士団（王城警備）	デズモンド・ローナン		
第三魔導騎士団（魔導士集団）	イーノック		
第四魔物騎士団（魔物使い集団）	クェンティン・アガター	ギディオン・オークス	パティ
第五騎士団（王都警備）	クラリッサ・アバネシー		
第六騎士団（魔物討伐、王都付近）	ザカリー・タウンゼント		
第七騎士団（魔物討伐、北方）			
第八騎士団（魔物討伐、東方）			
第九騎士団（魔物討伐、南方）			
第十騎士団（魔物討伐、西方）			
第十一騎士団（国境警備、北端）			
第十二騎士団（国境警備、東端）			
第十三騎士団（国境警備、南端）	カーティス・バニスター		
第十四騎士団（国境警備、西端）		ドルフ・ルード	
第十五騎士団（国境警備）			
第十六騎士団（国境警備）			
第十七騎士団（国境警備）			
第十八騎士団（国境警備）			
第十九騎士団（国境警備）			
第二十騎士団（国境警備）			

CONTENTS

The Great Saint who was
incarnated hides being a holy girl

【ＳＩＤＥ】騎士団総長サヴィス　～始まりの風とともに～

――混じり合う赤を見て、ああやはり同じだったと思う。

ひるがえる赤い国旗と彼女の赤い髪。

全く同じ色だと、そう思った。


その日、廊下でたまたまフィーアとすれ違った。

彼女の赤い髪が、目に入る。

フィーアはオレに気付くと、廊下の端に寄り、立ち止まって礼をした。

普段なら軽く頷いて通り過ぎて行くのだけれど、その時はなぜかフィーアの前で足を止めた。

フィーアは顔を上げ、不思議そうにオレを見つめてくる――金の瞳で。

その瞬間、オレは「少し付き合え」と突発的にフィーアに同行を命じていた。

護衛たちは常にないオレの衝動的な行動に不審そうな様子だったが、気付かないふりをすると、フィーアを伴い城の上階へと上って行く。

到着したのは、城の最上階に位置するバルコニーだった。

バルコニーと言っても広く、フィーアと1ダースの護衛が同時に入ることができる。

「わ……ぁ！」

バルコニーから眼下を見下ろしたフィーアは、思わずという風に声を上げた。

この場所からは、王都を一望することができる。

色とりどりの屋根が陽の光を受けてキラキラと輝いている様は、フィーアの目に美しく映ったのだろう。

この景色の中に、大勢の国民の生活が存在しているのだ。

「ああ、素晴らしい眺めだ。これが、オレが守護すべき国民たちだ」

誰に聞かせるともなくつぶやくと、オレの声を拾ったフィーアが満面の笑みで振り返り、弾んだ声を上げた。

「私も今、同じことを考えていたんですよ！　これが、私が守るべき景色だって！」

フィーアの言葉に、少しだけ目を細める。

……為政者の感覚だな。

何かを見逃している気がする。その何かを摑もうと自分の感覚を追っていると、高い場所特有の強い風が吹いた。

「うわ……っ！」

風に髪を巻き上げられたフィーアは、慌てたように片手で髪を抑えつける。

フィーアの背後で、バルコニーに掲げてある幾つもの国旗がはためいた。

誇るべきナーヴ王国の国旗――――中心に黒竜が描かれた赤を基調とした旗が、フィーアの髪と重なると、同じ色のものが一つに溶け合ったかのように見えた。

「……お前の髪とナーヴ王国の国旗は同じ色だな」

つい思ったままを口に出すと、フィーアは不思議そうな顔をした。

「え？　そうですか？　赤と一言で言っても、色々な赤がありますからね。全く同じということはないと思いますけど？」

その通りだ。特に、国旗に使われている赤は「大聖女の赤」で唯一無二の色だ。同じ色があるはずもない――――そう、今までは思っていた。

オレは何とも答えずに、もう一度色を見比べた。

風になびくフィーアの髪と、その後ろにはためくナーヴ王国の国旗を。

……同じに見えるな。

元々、ナーヴ王国の国旗は青と白で構成されていた。それを、３００年前の騎士団総長が、当時の大聖女の髪色に合わせて、赤い色に一新したのだ。

「大聖女の赤」は特殊で、他にはない赤だというのは有名な話だ。

そのため、３００年前に国旗を変更した際、当時の染色職人たちは非常に苦労したと伝えられている。

国中の職人が何度試みても、どうしても「大聖女の赤」を出すことができなかったと。

けれど、誰もが、――――当時の国民の誰一人だって、紛《まが》い物の赤い色では納得せず――――幸運なことに、偶然と努力の結果、一人の職人が「大聖女の赤」を完成させることができたと。

それ以降、「大聖女の赤」の染色技術は一子相伝《いっしそうでん》でその直系にのみ伝えられることとなり、門外不出の色となった。現在でも、国旗を染色するのは、その工房に限られている。

それほど特殊で、再現することすら難しい色だと聞いていた。けれど……

「………オレには、同じに見えるな」

並べて比べてみると、一目瞭然だ。２つのものは、全く同じ色をしていた。

オレの言葉を聞いたフィーアは、不思議そうな顔をした。

「そうですか？　よくある色なんですかね」

言いながら、その価値を全く理解せずに、屈託なく笑っていた。

――――その赤は、３００年前ですら大聖女のみが持つ色だった。

そして、遺伝することがなかったその髪色は、大聖女とともに失われた。……そう、伝えられていた。

幼いころから大聖女の肖像画を見て育ってきたオレは、その髪色の唯一性に神秘さを感じ、稀有で自然界には存在しない色だと思ってきた。

なのに……

「よくある色？　貴族の令嬢たちは、その色を再現するためなら、いくらでも金を積むだろうな」

オレは思わず反論した。

フィーアの無知さが、時に可笑しい。

自然界の偶然は、時に奇跡のような事象を起こす。

聖女の力を全く持たない少女に、伝説の大聖女と同じ色を持たせるということを。

「大聖女の赤」に「金の瞳」――300年前の伝説の大聖女と全く同じ色なんて、どんな偶然だというのか。

「お前に聖女の力がないのは、幸いだな。……微小でも聖女の力があれば、偶像として祭り上げられていただろうから」

言うと、フィーアは意味が分からないという表情をして顔をしかめた後、胡散臭い真顔でうんうんとうなずいた。

「おっしゃる通りですね」

……理解していないのに、分かったふりをしているな。

オレは心の中でため息をつくと、フィーアを室内に誘導した。

「悪かったな、付き合わせて。お前の髪が国旗の色と類似している気がして、比べてみたくなった」

「ふふ、総長も子どもっぽいことをされるんですね」

フィーアが可笑しそうに笑う。

陛下に戻ろうと踵を返すと、護衛たちは先ほどまでとは異なる目でフィーアを見ていた。

……本当に、その髪色の価値が分からないのは、お前だけだ。

それとも、オレが知らないだけで、世の中にはフィーアのように「大聖女の赤」を持った人間が大勢いるのだろうか。……いや、可能性は低いな。

大聖女は王女だった。同じ血脈の者がいるとしたら貴族の中にだろうが、貴族にもこの赤は見たことがない。

本当に、フィーアの色は奇跡的な偶然の産物なのだろう。

「フィーア、お前は髪を染めたりするなよ」

その価値が分かっていない少女騎士に助言を与えると、フィーアはにこりと微笑んだ。

「はい、染めません。この髪は、ずっと昔から変わることなく同じ色をしているんです。私は、この色が好きなんですよ」

「……ああ、そうだな。長じたら、幼い頃とは髪色が変わる者もいるらしいな。そうか、お前は幼い頃からその色だったのか」

オレの返事を聞くと、フィーアは「ああ、まぁ、そうですね」と曖昧な返事をした。

元いた場所に戻ると、フィーアは元気よくお礼を言ってきた。

「バルコニーから景色を見せていただき、ありがとうございました！　それでは、総長。今日も頑張りますね！」

……フィーアは、元気だな。ああいう人間が増えていけば、ナーヴ王国も隆盛を誇っていられるだろう。

オレは踵を返すと、次の場所に向かって歩き出した。

25 第一騎士団復帰

黒竜探索の翌日、私は第一騎士団に復帰した。

いつの間にか帰属意識が培われていたようで、ほんの数日間第一騎士団を留守にしていただけだというのに、シリル団長の顔を見たら嬉しくなる。

「シリル団長――！」

団長室の扉を開け、シリル団長の姿を認めた私が名前を呼びながら思わず駆け寄ると、団長は執務机から立ち上がり、机を回ってきてくれた。

団長の手前で立ち止まり、騎士の礼を取る。

「シリル騎士団長、フィーア・ルード、ただ今戻りました！」

「おかえりなさい、フィーア」

優し気な声に顔を上げると、シリル団長がうっすらと微笑んでいた。

「ふふ……、昨夜会った際に帰団の挨拶は既に受けたと思っていたのですが、そうでした。あなたはお酒が入ると記憶が白紙化するのでしたね。……フィーア、大変だったようですが、無事に戻ってきてくれて嬉しいです」

シリル団長の言葉に、目をぱちくりさせる。

……あれ、第四魔物騎士団での仕事ぶりを報告する必要があると思ったから、早めに出てきたんだけど、シリル団長って既に事柄把握済み？

もしかして、昨夜の肉祭りでシリル団長に会った時に、私が報告したのかしら？

昨夜のことを思い返してみると、シリル団長やザカリー団長、デズモンド団長、クェンティン団長、ギディオン副団長が肉祭りに参加していて、挨拶をして……、くらいのところで途切れている。

つまり、ほとんど覚えていない。

けど、覚えてはいないけれど、どうやら私は宴席にもかかわらずシリル団長に報告を上げていたらしい。

私ってすごいわね！　騎士の鑑だわ。

そう思ってにまにましていると、シリル団長は小さくため息をついた。

「フィーア、あなたについての報告を上げてきたのは、ザカリーとクェンティンですよ。昨夜のあなたといえば、ただただ美味しそうにお肉を食べて、お酒を飲んでいました」

「えっ、あ、そ、そうですか……」

想像とは異なる現実を教えられてしょんぼりとする私を見て、シリル団長は可笑しそうにふふふと笑った。

「あなたがあなた通りで安心しましたよ、フィーア。ザカリーとクェンティンの話では、あなたは重要人物に成り上がってしまったので、私なんてもう相手にしてもらえないかと心配していたのです」

絶対にそんなことは思ってもいないだろうに、シリル団長は悲し気な表情でうそぶいてきた。

「じ、重要人物ですか？　……あ、いやいや、勘違いするところでした！　一瞬、褒められたのかと思ってしまいそうになったけれど、そんなわけないですよね。だって、今回私は褒められることなんてしていませんからね。……ええと、あれですね！　婉曲な嫌味という高等テクニックですね？　ザカリー団長に習いましたよ。ということは、つまり、私はあまりに出来が悪すぎると、けなされているのでしょうか？」

団長の発言の真意が不明のため尋ねてみると、不思議そうにきょとんとされる。

私の発言が理解できていないようだったので、補足してみる。

「……ええとつまり、シリル団長から申し付かった従魔の生命力の数値化は全くできませんでしたし、昨日の黒竜探索の時に活躍したのは黒竜自身で、私はほとんど何も手伝えなかったし、……ええと、私の仕事ぶりを咎《とが》められているのかなー……と」

自分で言いながら、どんどんとしょんぼりしてくる。

そして、はっと思い当たり、慌てて言葉を追加する。

「も、もしかして、クェンティン団長から苦情がきましたか？」

クェンティン団長は黒竜であるザビリアに心酔していたわよね。

ザビリアばかりに働かせ、ほとんど何もしていない私はさぞや怠け者に見えたのじゃあないかしら？

「そ、それとも、苦情を申し立てたのはザカリー団長でした？」

戦闘中の私といえば、聖女の横に立っていただけだった。

戦闘後においても、ザカリー団長が業務の必要上行った質問にはほとんど答えなかったうえ、突然倒れこんでザカリー団長に介抱してもらっている。

……よ、よく考えたら、お忙しい騎士団長の手を、私ったら直接煩わせてしまったわよね。

その上、私の涙でザカリー団長の服まで汚してしまったし……。

こ、これは、すごい迷惑行為だわ。

まずい！　思い返せば思い返す程、役に立たなかった記憶しか出てこない。

名誉挽回するためにも今度、クェンティン団長とザカリー団長の前で、頑張る姿を見せないと……。

「ま、まぁ、実際に命じられた事柄を果たしていないので、何を言われたとしても受け入れるしかないんですけど……」

だんだんと声が小さくなる私を見て、シリル団長はふふっと笑った。

「本当にあなたはあなたのままですね。……そうですよね。私たちがあなたの力に気付き出したというだけで、あなた自身は何も変わりはないのですから」

「え？」

「何でもありません。従魔の生命力の数値化については、気にしないでください。私の都合であなたを早めに呼び寄せたのですから、責められるとしたら私です。そうして、筆頭騎士団長である私を正面から糾弾する者がいるはずもありませんから、この話は解決です」

「……え？　そ、そんな簡単な話ですっけ？」

数日間他団に預かられながら、肝心な仕事を全くしなかったことを、こともなげに切り捨てるシリル団長をぽかんとして見つめると、団長はにっこりと微笑んだ。

「黒竜探索については、あなたの認識とザカリーやクェンティンの認識に差異があるようで、あなたは十分以上の役割を果たしたと彼らが証言しました。他団の団長たちに部下を褒められるなんて、団長冥利につきます。フィーア、ご苦労様でした」

「は、はい……？」

シリル団長は嬉しそうに私を労《ねぎら》ってくれたけれど、私は小首を傾げるしかない。

ザカリー団長とクェンティン団長が私を褒めた？

いやいや、先ほど思い返してみた限りでも、昨日の私に褒められる要素なんて全くないし。

ザカリー団長からは隠していた力を使ってくれてありがとうとお礼を言われたけれど、結局、クェンティン団長の洞察によって、私の力ではなくザビリアの力だってことが分かったし。

うん、そういう意味では、ザカリー団長は私にお礼を言い損だよね。

……なんで、私は褒められたんだろう？

全く意味が分からなかったけれど、シリル団長は嬉しそうに笑っているので水を差すこともないと思い、心得たように頷いてみた。

「お褒めいただいて光栄です。きっと例のアノ件で褒められたのですね。はい、アレは頑張りました」

「フィーア、あなたのそういうところですよ……」

私の発言を聞いたシリル団長は、じとりと私を見つめてきた。

「あなたのそういうところが、あなたの価値を落としているのです。……まぁ、言っても直らないのでしょうが」

諦めたようにシリル団長はほっと息をつくと、気分を変えるように明るい声で話しかけてきた。

「ところで、ご気分はどうですか？　昨夜のあなたはただ美味しそうにお肉を食べて、お酒を飲んでいたと先ほどは言いましたけれど、実際は、宴席の間しばらくはしょんぼりと落ち込んでいたのです」

「え？　私がしょんぼりしていたのですか？」

……全然覚えていない。

「ええ、あなたの大切なお友達が遠くへ行ってしまったと、それは落ち込んでいましたね」

「ああ……」

……それは、本当だろう。

今朝も、目覚めた時にお腹の上が軽くてしょんぼりした。

いつも側にあったぬくもりがないことがこんなに寂しいものだとは、体験してみて初めて気付いた。

ザビリアは竜王になると旅立って行った。

青竜と戦った時のザビリアは恐ろしく強かったから、簡単にやられることはないだろうけど、これればかりは分からない。

実際、最初に出会った時のザビリアは大ケガをしていたし。

今のザビリアは出会った当時よりも体格が立派になってはいるけれど、大ケガを負わされた魔物と再び対峙した時、勝てるかどうかは分からない。

ああ、離れることはよくないな。

見えない分、心配が募る――……

シリル団長の言葉でザビリアのことを思い出し、悲し気な表情になっていると、それを見た団長が優し気な声を出してきた。

「だからですね、昨日、あなたと私は友達になったのですよ」

「…………は？」

言われた意味が分からず、ぽかんとシリル団長を見つめる。

「あなたが『仲の良い友人が離れて行って寂しい』と言い、私が『だったら、代わりに私と友人になりましょうね』と言って、あなたが了承したのです」

「う、嘘です……!!」

私は咄嗟に言い返した。

アルコールのせいで記憶がないにしても、自分の行動くらい分かる。

私は絶対に、シリル団長と友達になろうなんて思わないはずだ。

自分の行動を確認するためにも、改めて目の前に立つシリル団長を見つめる。

白い騎士服を着たシリル団長は、細身ながら均整の取れた体つきをしていた。

肩章につけた総がきらきらと輝いており、顔立ちの端正さとも相まって、上品で優美な雰囲気を醸し出している。

けれど、この優美な姿は見せかけで、シリル団長が騎士団一の剣士であることを私は知っている。

「王国の竜《りゅう》」と呼ばれるだけあって、恐ろしく強いのだ。

それから、強いだけではなく、筆頭騎士団長を任されるほどの戦略家で、知略に長けていることも分かっている。

なぜなら、フラワーホーンディアを倒した夜に開催した第一回肉祭りで、笑顔のまま、褒め言葉のまま、騎士たちを追い詰めていった手腕を、実体験しているのだから。

追い詰められた側だったので、シリル団長の嫌になるほどの容赦のなさに、心の底から恐怖したものだ。

さらに、クェンティン団長の団長室で、笑顔のままギディオン副団長を追い詰め、脅しとしてローテーブルを破壊したあのやり方。

何も知らない様子で話し始め、相手が油断したところで次々に証拠を示し追い詰めていくだけでも十分恐怖なのに、誰も壊せないような硬い材質の家具まで壊してみせ、実力の違いを見せつけたのだ。

その上で、歯の根も噛み合わないほど怯えて震えている相手の胸倉を摑んで、脅しをかける。

あれはもう、魔王の所業だ。

それから、聞いたことがないから想像でしかないけれど、シリル団長の優雅な立ち居振る舞いを見るに、団長は貴族ではないだろうか。それも上級の。

上級貴族なんて、面倒以外の何物でもない。

まとめると、騎士団一強くて（一番の人間というのは、厄介ごとに巻き込まれるものなので、近付くものではない）、策略家で、有能な上級貴族‼

今頭に浮かんだ、知っている限りの情報でも、親しく付き合いたいとは思えないものばかりだ。

「ないです！　私がシリル団長と友達になることに同意するなど、絶対にないです‼」

「おや？　あなたは昨夜のことを覚えているのですか？」

ぐっと言葉に詰まったけれど……、うっすらと微笑んでいるシリル団長の笑顔が、胡散臭くてたまらない。

証拠はないけれど、絶対にシリル団長は嘘をついていると思う。

「一度、友人の誓いを立てた後に簡単に取り消すようでは、『騎士の十戒』にある『誠実さ』を守っているとは言えませんね。フィーア、騎士たるもの、一度口にしたことを違えてはいけません」

「ぐぅ…………」

絶対に絶対に、正義は私にあると思う。

あると思うのだけれど、アルコールにやられて何一つ覚えていない頭では言い返せない。

そうして、そのことが分かっている団長は、胡散臭い笑顔で私を追い詰めてくる。

「ねぇ、フィーア。そう拒絶されると傷つきますので、そのあたりで許してください。私は誠実だし、剣の腕も悪くはないし、仲間を裏切ることはしません。友人としてはお買い得だと思いますよ」

「うぐぅ…………」

口ごもる私に、「いいでしょう?」とシリル団長は笑顔で詰め寄ってきた。

「わ、かり、ました。ザビリアの代わりではありませんが、……シリル団長はお友達です」

苦渋の選択でそう答えると、シリル団長は可笑しそうに微笑んできた。

「やはり、お酒が入っていても抜けていても、あなたの意見は変わりませんね。昨日、あなたは同じように、『去っていったお友達の代わりは誰にもできない。彼の席は彼のものだ』と頑として譲らなかったのですよ」

えっ、やっぱりシリル団長の申し出を私は断っているのじゃないかしら、と思った私に対して、シリル団長は慌てて補足してきた。

「もちろん、その後あなたは、私のために新しい席を用意してくれると言ったのです」

……………ぐぬう。

ザビリアがいなくなって弱っていた私が、そのタイミングで優しい申し出を受け、シリル団長との友人関係を受け入れた可能性もありそうな気がしてきた。

普段の私ならば、シリル団長みたいな切れ者すぎて、大物すぎる相手を友人に選ぶなんてことはありえないけれど、今回の状況を考えると、友人になると言ったかもしれない、と思う。

それとも、シリル団長の話が上手すぎて、私は騙されているのだろうか……

「ありがとうございます、フィーア。私はよき友人になることを約束しますよ」

どちらにしても、素面《しらふ》の状態で友人関係を肯定してしまった以上、私には受け入れることしかできない。

「あ、ありがとうございます。私も団長に対して誠実で、よい友人になることをお約束します」

差し出された右手に自分の右手を重ねながら答えると、シリル団長はにこりと綺麗に微笑んだ。

その邪気のない綺麗な笑顔を見て、確かに団長は、友人としては素晴らしいだろうと思う。

シリル団長は優しいし、面倒見がいいし、頼りがいがあるし、本来なら最上級の友人だろう。

ただ、あまりにも大物すぎて、私には釣り合わないってのが、最大の問題なのだけど……

私の希望はどうあれ、シリル団長と友人になるという結論がでたところで力が抜けた私に対して、団長は何気ない声で話しかけてきた。

「それでですね、フィーア、友人としてお願いがあるのですけれど……」

顔を上げてシリル団長を見つめた私は、大掛かりな罠にはまったことに気付いた。

「だ、団長！　友人関係云々というのは、お願いのための布石だったんですね!!」

……けれど、気付いた時は、既に遅かった。

私の抗議は意に介さず、シリル団長は綺麗な笑顔を保ったまま、話を続けてきたのだった。

「……フィーア、あなたは言いましたね。友人というものは、一緒に話をしたり、外出したり、眠ったりするものだって」

シリル団長は涼し気な声で話をしてきたけれど……

まて、まて！

最後のは、おかしかったわよ！

「だ、団長！　団長の友人関係に口を挟む気は毛頭ありませんが、私は異性の友人と一緒に眠ったりはしません!!」

「それはよかったです。私もなかなか自由すぎる考え方だなと思いながら、あなたの話を拝聴していましたので、訂正いただき安心しました」

「ぐぅ…………」

だめだ。

私が話したことにされてしまった。

覚えていない時の話を持ち出されても、分が悪すぎる。

「そ、それで？　確かに友人というものは、多くのことを共有すると思いますけど、団長は何を共有したいのでしょうか？」

だから、話を変えてみる。

「……そうですね、『思い出』でしょうか。あなたに、私の思い出を共有していただきたいのです」

「思い出？」

シリル団長の内面に触れる話のような気がして問い返すと、にこやかに微笑まれた。

「ええ、私には思い出の地があります。毎年この時期には、自分の過去の行いを忘れないために思い出の地を訪問しているので、ご一緒いただけないかと思いまして」

「……な、何だかすごく個人的な案件で、私が同行してもよいのかは不明ですが、団長がいいと言われるならばご一緒します。場所はどちらですか？」

「私の領地になります」

領地！　領地持ちなんて、やっぱり貴族じゃないかしら？

そう思いながら、さりげなさを装い聞いてみる。

「ところで、シリル団長の家名は何でしたっけ？」

「……フィーア、あなた、ちょっと忘れたといった風に質問していますけれど、どうせ私の家名なんて最初から知りもしないのでしょう？　サザランドですよ」

「サザランド!!」

何てことだろう。

前世で私の護衛騎士だった、『青騎士』の領地だった場所じゃあないか。

「シ、シリル団長は『青騎士』の子孫なんですか？」

驚いて尋ねると、シリル団長から逆に驚いて尋ね返された。

「あなたは『青騎士』の伝承を聞いたことでもあるのですか？　よくもまぁ、そんな知名度の低い騎士をご存じですね？」

「知名度が低い？　王国の青と白の国旗に基づいて、代々騎士団の中から最も優秀な2人が『青騎士』と『白騎士』に選ばれてきましたよね？　騎士団の中で最も有名で、最も誉《ほまれ》ある騎士たちだと思いますけれど？」

「……フィーア、王国の国旗が青と白で構成されていたのは、300年以上も前の話ですよ。現在のナーヴ王国の国旗は、赤地に黒竜の紋章です」

……そ、そうだった！

確かに前世の記憶が蘇ってから驚いたことの一つは、国旗が変わっていたことだ。

現在の王家の家名もナーヴなので、王朝は変わっていないようだったから、どうして国旗を変更したのだろうと不思議に思っていたのだ。

「ええと、ということは、今一番高名な騎士は『赤騎士』とでも呼ばれているのですか？」

「……フィーア。赤は禁色です。使うことが許されない色なのですよ」

「ふぇ？　そ、そうなんですか？」

「ええ。赤は大聖女様の色です。私たちは『大聖女様の赤』を、大聖女様にお返ししたのですよ」

大聖女の赤……？

初めて聞く単語に、目をぱちくりとさせる。

確かに、大聖女と呼ばれていた前世の私は、今と全く同じ赤い髪色をしていた。それにちなんだ何かなのだろうか？

それとも、私の死後に幾人かの大聖女が現れて、彼女たちが赤にちなんだ何かを行ったのだろうか？

こてりと首を傾げて考えてみたけれど、ここ３００年の動きが分からない私に答えが分かりようもなく……そうして、頭が切れすぎるシリル団長とこの会話を続けるのは危うい気がして、話を変えてみる。

「な、なるほどですね。そういえば赤い服とかカーテンとかは売ってないですよね。赤が禁色だったのならば納得です。そ、それで、シリル団長は『青騎士』の子孫なんですか？」

それでもやっぱり、シリル団長が『青騎士』につながっているのかどうかが気になって、再度聞いてしまう。

シリル団長は自嘲的な笑みを漏らすと、小首を傾げた。

「そんなに気になりますか？　残念ながら、私は『青騎士』の子孫ではありませんよ。あなたが言っているのはきっと、サザランド姓を名乗っていた最後の『青騎士』のことでしょう。彼には名を継がせる子がいなかったので、彼の代でサザランドの領地は一旦、王家に召し上げられたのです。それからずっとあの土地は王家が管理していたのですが、30年ほど前に私の父があの土地を拝領しました」

「な、なるほど……」

共に過ごしていた昔の同僚の、その後の話を聞くのは、不思議な感じだった。

『青騎士』が私の死後も息災で、長生きをしたのか聞いてみたい気もしたけれど、やはり触れるべきではないとも思う。

私の死が彼の心を乱すことがなかったならばよいのだけれどと、遅まきながら願ってみる。

……うん、３００年ほど遅いけれどね。

「了解しました、団長。お供させていただきます。出発はいつですか？」

サザランドの地を訪問すると決まった途端、私は急かすかのように思わず日程を尋ねていた。

突然の懐かしさに襲われ、再びあの青い空と海に囲まれた美しい土地を見てみたくなったためだ。

『青騎士』はサザランドの土地を愛していた。

彼の墓標はきっと、サザランドにあるだろう。

シリル団長に同行するついでに、彼のお墓を拝ませてもらおう。

「そうですね、あなたも少し体を休めたいでしょうから、3日後の出発にしましょう」

にこりと微笑むシリル団長に同意すると、私は団長室を後にした。

団長と友人になるというのは、私に無理なお願いごとを押し付けるための布石かと思ったけど、たいしたお願いごとじゃあなかったな……、と団長室の扉を閉めながら思った。

うんうん、やはり、団長は常識的な騎士だったわ……。

◇　◇　◇

「あれ、フィーア?」

団長室から出て廊下を歩いていると、後ろから声を掛けられた。

振り返ると、銀色の王子様が立っていた。

ファビアンだ。

「まぁ、ファビアン。ちょっと会わなかっただけで、また一段と王子っぷりに磨きがかかったわね！　どうやったら、そのきらきらエフェクトが出せるのかしら?」

ファビアンの銀の髪だけではなく、彼の周りがきらきらしているような錯覚にとらわれ、思わずつぶやいてしまう。

ファビアンは可笑しそうに笑いながら近づいてきた。

「相変わらず、常人には理解できない発言をするねぇ、フィーアは。そこが面白いのだけど。第四魔物騎士団はどうだった？」

改めて問われると、何と答えてよいかが分からなくなる。

「う――ん、それがねぇ、ここだけの話、当初の目的を全く果たせないまま帰ってきてしまったのよ」

「ええ？」

「第四魔物騎士団のクェンティン団長が長期不在中で、ギディオン副団長が団長業務を代行していたのだけれど、私が気に入らないみたいで、別業務を割り当てられてしまって。シリル団長に頼まれた業務は、全く手も付けられなかったのよね」

「それは、残念な話だね。第四魔物騎士団は排他的な面があると聞くから、第一騎士団所属のまま第四魔物騎士団の業務を手伝おうとしたフィーアが気に入らなかったんじゃないかな。第四魔物騎士団の性質だと思って、仕方がないと諦めるしかないね。……大丈夫、フィーアが一生懸命仕事をするってことは皆知っているから。当初の目的を果たせなかったのはフィーアのせいではないよ」

にこやかに笑いながら、さり気なく私の気持ちを軽くしてくれようとするファビアンを見て、イケメンだなーと思う。

外見も中身もイケメンって、最強じゃないかコレ。

「ありがと、ファビアン。シリル団長からも、業務を遂行できていなかったことについてのお叱りが全くなかったのよ。団長のことだから、苦情がきていたとしても自分が受け止めて、私には何の問題もないって笑顔でごまかしそうだから、気付かないところで迷惑をかけていないか心配で」

「ふふ、フィーアはいい子だね。大丈夫だよ、シリル団長は見境なく庇われるわけではないから。庇われるとしたら、庇われる者にも理由があるんだよ」

「え？　……一人では耐えしのげないほど、頼りないと思われているってこと？」

確かに、百戦錬磨のシリル団長からしたら、私なんて幼子のようなものでしょうけど……

心配になって尋ねると、ファビアンはぷっと吹き出した。

「ふふ、フィーアの発想は面白いよね。第四魔物騎士団で何が起こったかなんて、私には知りようがないけれど、昨夜の宴席を見れば、よっぽどの馬鹿じゃない限り、君が大きなことをやり遂げたってことは分かるよ。シリル団長やデズモンド団長はまだしも、ザカリー団長やクェンティン団長、ギディオン副団長までもがフィーアの側を離れようとしないんだもの」

「え？　あの……」

「言わなくていいよ。どうやら、フィーア関連の出来事については、緘口令が敷いてあるみたいだから。……でも、面白いね。肝心の君には、何も口止めしてないんだ？　君が語る分には自由ってことなのかな?」

不思議そうにつぶやくファビアンを見て、私は目をぱちくりさせた。

……え、何なのその観察力。

騎士団長のポジションにいる団長たちならまだしも、ファビアンまで。

私の周りの騎士たちが有能すぎて、ちょっと嫌なんだけど。

実際に嫌そうな顔をしてファビアンを見つめてみたのに、ファビアンは気にした風もなく言葉を続けた。

「そういえば、シリル団長は近々、サヴィス王弟殿下の名代でサザランド公領を訪問されるらしいね」

「え…………?」

……今、サザランドって言った?

サザランドって、今度シリル団長と一緒に訪問する土地だよね?

あれ、シリル団長はプライベート旅行みたいな言い方をしていたけれど、公式行事ってこと?

しかも、王弟殿下の名代って……?

「ファ、ファビアン、騎士団総長ではなく、王弟殿下の名代って言った?」

王弟殿下の名代だとしたら、騎士団業務ではなく、国の公式行事として執り行われるということだ。

そこに名代として出席するならば、シリル団長の領地訪問は、国を挙げての重要行事じゃないか！

驚きすぎてしどろもどろになって尋ねると、ファビアンはこともなげに肯定した。

「そうだね。あの地は10年前に戦場になった。『サザランドの嘆き』と呼ばれる内乱だ。それ以降は毎年、王族が追悼のためにあの地を訪問されているんだよ」

「こ、公式行事って、聞いてないんだけど！　名代を立てられるということは、今回、サヴィス総長はお忙しいから訪問できないってことかしら。で、でも、総長……違った、王弟殿下の名代をシリル団長が務められるなんてすごいのね。ひ、筆頭騎士団長の権限って、果てしないわね」

「いや、今回のシリル団長の立場は、王位継承権を持ったサザランド公……」

「フィーア」

ファビアンの声を遮るように、名前が呼ばれた。

振り返ると、サヴィス総長が立っていた。

まぁ、今朝は次々に知り合いに会う日だとは思っていたけれど、とうとう総長様まで現れましたよ。

SSランクの要人遭遇！　ですね。

ファビアンと一緒に体ごと総長に向き直り、騎士の礼をとる。

サヴィス総長は大きな歩幅で近付いてくると、私を見下ろした。

「フィーア、シリルとともにサザランドを訪れるらしいな。……少し話があるから、後でシリルと一緒にオレのところにこい」

まぁ、騎士団総長から直々にお呼び出しなんて、ただ事ではありませんよ。

……シリル団長、これではっきりしました！

サザランド訪問は、シリル団長がイメージさせたような気楽なものでは、全くありませんね!!

◇　◇　◇

サヴィス総長と別れた後、私はファビアンとともに通常訓練に参加した。

久しぶりの訓練だったけれど、サヴィス総長に呼び出された内容が気になって身が入らない。

なのに、詩歌の先生からは、「やっと常識的な詩歌を作成できるようになりましたね」と褒められた。

ファビアンからも、「フィーアの詩歌は、半分ぼんやりしていた方が良い出来だね」と言われる始末だ。

色々と納得がいかない。

チェスの訓練では、久しく顔を出さなかったデズモンド団長が現れた。

本当に今日は、色んな人と会う日だ。どうなっているんだろう？

デズモンド団長はチェスを指しながら、ちらちらと私を見てくるけれど、いつもの軽口が冴えない。

もごもごと訳の分からないことを話していたと思ったら、最後に思い切ったようにザビリアのことを聞いてきた。

「フィーア、その……お前には従魔がいるらしいな」

「はい、いますけれど……」

言いながら、私は突然、思わせぶりな態度を練習したことを思い出した。

そもそもは、シリル団長が第四魔物騎士団へ出向する私を心配して授けてくれた策だ。

想像により生み出されるモノは現実を上回るので、思わせぶりな態度を貫いて実際よりも強い従魔を想像させれば、従魔の強弱で騎士間の上下関係を作る第四魔物騎士団では粗雑に扱われないだろうとの話だった。

けれど、これを実践することは難しく、第四魔物騎士団のギディオン副団長に試してみたところ、正反対の現象が生じた。

つまり、最強の魔物である黒竜を、最弱の魔物と認識させてしまうという……

これではいけないと思った私は、総長やシリル団長を相手に思わせぶりな態度を特訓してみた。

そして、その特訓の成果は……

私はちらりとデズモンド団長を見ると、今がその成果を試すべき時だと理解した。

「まぁ、何と言いますか、私の従魔は他に類を見ないような魔物でして……。黒っぽいというか、竜っぽいというか、王様っぽいというか……」

そうだわ、実際よりも強いモノを想像させるということは、黒竜ではなく、ザビリアが目指している黒竜王とやらを想像させればいいのだわ。違いが分からないけれど。

「フィ、フィーア！　止めろ!!　オレは、従魔の種類を聞きたかったわけじゃない!!　というか、本当に黙ってくれ!!　これ以上は、オレの命が危ない!!」

「ふぇ？」

「分かっている!!　お前の従魔が最強最悪の魔物だということは、オレは十二分に分かっている!!」

大声で叫びながら、広げた両手をガードするように突き出してきたデズモンド団長は、本気で私の従魔を恐れているように見えた。

こ、これは思わせぶりな態度の特訓成果が表れた、ということかしら!?

「で、できた……!!　思わせぶりな態度が、完成した!!」

私は立ち上がり、チェステーブルに両手をつくと、感動に打ち震えた。

対するデズモンド団長は、これ以上はないというくらいがくがくと震えている。

「よ、よし、オレはもう帰る。だ、だが、フィーア、これだけは肯定してくれ。オ、オレはお前に従魔の正体を明かすことを強制していないよな？　一切、何の圧力もかけていないよな？」

私に話しかけているのかと思ったが、デズモンド団長は自分の上空を見つめて話をしている。

何をやっているんだろうと思いながらも、とりあえず肯定する。

「はい、その通りです」

デズモンド団長は大きく安堵のため息をつくと、やはり上空に向かって話をし出した。

「お聞きの通りですよ！　オレはフィーアに対して、一切何の圧力もかけていませんからね!!」

明らかに挙動不審なデズモンド団長を前に、私はこてりと首を傾げた。

……どうしよう、クェンティン団長だけかと思ったら、デズモンド団長まで異常行動を取りだしたんだけど。

ご立派で有能なはずの騎士団長が、次々におかしくなっているんだけど、何だこれは？

騎士団長たちに次々に伝染する異常行動が心配にはなったけれど、……他団の団長だし、私にはそう影響がないだろうと見て見ぬふりをすることにした。

……一介の騎士が騎士団長様を心配するなんて、偉そうにもほどがあるわよね、うんうん。

◇　◇　◇

夕方近くになって、サヴィス総長の時間に余裕ができたということで、シリル団長とともに総長室を訪問した。

総長の執務室は独立した専用建物になっているのだけれど、その建物「黒盾棟」は各団の建物に囲まれるように配置してあった。

第一騎士団の建物は隣のため、黒盾棟の外壁を目にする機会は多く、「あの建物だけ明らかに豪華だよねー、中はどうなっているんだろう」と、常々思っていたのだ。

わくわくしながら玄関に入ったけれど、顔を上げた私は「ひいっ」と後ろに飛び退《すさ》った。

驚いて絶句している私を見たシリル団長が、「ああ」と納得したかのように微笑む。

「フィーアはこの肖像画を見るのは初めてでしたね。伝説の大聖女様ですよ」

……し、知っています。

前世で嫌になるくらい、目にした顔ですから。

黒盾棟の玄関をくぐると、そこは3階分の広い吹き抜けになっていた。

縦も横も広い空間が訪問者を圧倒するけれど、一番驚くのはその吹き抜けの正面に飾られている大きな肖像画だ。

黒いドレスを纏《まと》い、膝まである赤い髪をなびかせて、一輪の深紅の薔薇を手首に巻いた少女が描かれている。

……わぁ、戦闘服じゃないか。

前世の私は戦いに出る時は必ず黒いドレスを着用したし、薔薇を一輪手首に巻き付けていた。

この絵は正しくそれを表しているけれど……絵の中の少女がきりりとしすぎていて、何だかすごく恥ずかしい。

私は無意識に1歩、2歩と後ろに下がり、背中が玄関の扉に当たってしまった。

シリル団長はそんな私を不思議そうに見つめると、小首を傾げてきた。

「どうしました、フィーア？　圧倒されるほど、大聖女様の肖像画は迫力がありますか？」

「えーと、いやー、何というか、こ、ここは、騎士団の頂点である騎士団総長の専用建物ですよね？　で、でしたら、大聖女様もいいですけど、高名な騎士の肖像画を飾るべきではないのかな、と思いまして」

しどろもどろになりながらも、最初に浮かんだ疑問を口にする。

シリル団長は「ああ……」と言いながら、肖像画を仰ぎ見た。

「あなたのご意見はごもっともですけれど、300年前からずっと、この建物にはこの肖像画が飾られているのですよ」

「さ、300年も前から……。ま、まぁ、確かに肖像画は一度飾ると、なかなか掛け替えるタイミングが難しいですよね」

前世の私は魔王を封じはしたけれど、早世したので、大聖女として活躍した期間は長くはない。

だから、私の死後に登場し、長生きした大聖女たちの方が生涯実績は高いんじゃないだろうか。

どうしても大聖女の肖像画を飾りたいならば、彼女たちのいずれかの肖像画に掛け替えてもいいと思うのだけどな……

そう考えていた私の気持ちを読んだかのように、シリル団長が言葉を続けてきた。

「掛け替える時期を見極めるのが難しいと言うよりも、掛け替えられないと言った方が正確ですね。黒竜騎士団の初代総長が、この場所には未来永劫この肖像画を掛けておくようにと、そう命じられたのです」

「…………………」

私が生きていたころは黒竜騎士団なんてなかったから、初代総長なんてもちろん知り合いではない。

黒竜騎士団の初代総長は、なぜそれほど300年前の大聖女に固執したのだろうか……？

「も、もしかして……私のファン？」

過去は美化されるものだし。

魔王を封じる代わりに命を落としたなんて、希代の吟遊詩人の手にかかれば、それはそれは美しい話になるのじゃないかしら。

「あ、いや、まって。そういえば、歴史が書き換えられていたんだった……」

……そうだ。

大聖女は、ともに魔王を封じた勇者と結ばれたことになっていたんだった。

それで大聖女の子孫が王家を創ったことになっていたはず。

……あれ、でも、どういうことかしら？

ナーヴ王家は前世の私が生まれるずっと前から続いていたし、今もナーヴ王家だから途切れてはいないわよね。

大聖女の時代に「新生王家の誕生」みたいな、新しい風がほしい何かがあったのかしら？

そのため、新生王家を印象付ける目的で、国旗や騎士団を刷新した？

「う――――ん」

全く分からなくなり思わずうなってしまった私に、シリル団長が心配そうな声を掛けてきた。

「フィーア、大丈夫ですか？　先ほどから、思考が声になって漏れていますけれど」

「へ？　あ、し、失礼しました。大丈夫です」

私はあわてて取り繕うと、にこりと笑ってみせた。

「……気分が悪くなったりしたら、教えてくださいね」

シリル団長はまだ少し心配そうに言葉を続けてきたけれど、大丈夫だと答えた私とともに総長室に向かった。

◇　◇　◇

初めて入る総長室は、それは立派なものだった。

まず、部屋が異常に広い。

十分広いと思っていた騎士団長の執務室が、複数個入るくらい広い。

部屋の最奥に執務机が置かれているのだけど、その背後の壁一面に立派な彫刻が施されている。

執務机の左右には黒竜騎士団の旗が飾られており、横壁には何本もの剣や盾が飾られていた。

……うん、明らかに武人の部屋ですね。

サヴィス総長は書類仕事をしていたようだったけれど、その周りには1ダース程の騎士が控えていた。

ちらほらと見知った顔があるので、第一騎士団が警護をしているのだと分かる。

入り口付近に控えていた騎士にソファへ案内されたので、シリル団長とソファの横に立って総長を待っていると、すぐに総長が執務机から移動してきた。

「座れ」

着席の許可が下りたので、総長が腰を下ろしたことを確認した後にソファに座る。

サヴィス総長は数秒間じっと私を見つめた後、口を開いた。

「3日後にシリルとサザランドへ発つらしいな」

「はい」

その通りです、総長。詳細は全く知らされていませんが。

そして、誘われた際にシリル団長がイメージさせたような、気安い訪問では全くなさそうですが。

そんな心のつぶやきを拾われたわけでもないだろうに、シリル団長が話を引き取った。

「フィーアには詳細は説明していません。……総長の御前で説明をした方がよいかと判断しましたので」

「そうか」

短く相槌を打つと、総長は考えるかのように口元に手をやった。

「フィーア、サザランドは10年前に内乱が起きた地だ。そして、未だ多くの者がその傷から癒えていない。彼らの多くは、当時あの地の紛争を上手く収められなかった騎士団を歓迎しないだろう」

総長の長い指が、右目の眼帯をなぞる。

「お前は、まだ訓練中だ。『将来、騎士として在る者』として赴け。騎士という立場ではなく、公平な立場であの地を見てこい。お前のその目で……誰が、弾劾されるべき者なのかを」

静かに語った総長の隻眼《せきがん》が、形容し難い感情をのせていた。

説明された内容が少なすぎて総長の真意が分からないけれど、これは肯定するしかない状況だと理解する。

まぁ、そもそも、総長相手には、「はい」か「応」しかありませんけれどね。

「了解しました。シリル団長とともに、サザランドを訪問してまいります」

そう答えると、シリル団長はふうっと体の力を抜いた。

「フィーア、あの地は大聖女信仰が強い土地です。……それを、10年前の私は真に理解していなかったのです」

「聖女様ではなく、大聖女様ですか？」

不思議に思い尋ねてみる。

……大聖女って、今までにそう何人もいないと思うんだけどな。

なんで、わざわざ大聖女だけを慕うのかしら？

「あれ、そういえば大聖女様って、今までに何人ほどいたんですか？　一番人気がある大聖女様って、どの方なんですか？」

質問しておいて、答えが急に気になりだす。

……あ、待って。すごく不用意に聞いてしまったけど、これは答えによってはへこむわよね。

いやいやいやいや、３００年前よ。新しい大聖女の方が人気なのは、当たり前だわ。

だから、前世の私があまり人気がないとしても、それは当然……

「もちろん、セラフィーナ大聖女様ですよ」

「えっ!?」
セ、セラフィーナって、私の前世の名前だよね!?
わ、私がナンバーワン!?

両手で頬を挟むようにしてにへらっと顔がゆるんでしまった私に対して、シリル団長は頷いた。

「当然です。なぜなら、大聖女様は今までにお一人しかいらっしゃいませんから」

「……………………………は？」

………ひ、一人??

一人だけ？

大聖女の尊称を与えられた者が、たった一人だけ？

「……そ、それは一番になるはずだ――」

前世の自分が大人気だと勘違いして喜んだことが恥ずかしくなり、がくりとうなだれた私の上から総長の声が降ってくる。

「フィーア、シリルの言葉通りだ。あの地は大聖女信仰が強い」

「……はい、そういう話でしたね」

うなだれていた顔を上げて総長を見つめると、真剣な目で見返された。

「あの地の住人は皆、伝説の大聖女と同じ色を持つお前の髪と瞳に強烈に反応するだろう。……何が起こるか予測がつかないから、お前は決して一人になるな」

「…………ああ、ええ、なるほど。はい、了解しました」

そうだ。

私は前世と全く同じ髪と瞳の色をしている。けど……

「お前の色の組み合わせは唯一無二だ。……繰り返すが、気を付けろ」

「はい、気を付けます」

……総長のお言葉だ。

私が反対のことを思っていたとしても、「はい」か「応」しか答えられないのだった。

◇　◇　◇

「唯一無二の組み合わせって総長には言われたけれど、う――ん？」

寮への帰り道、私は独り言をぶつぶつと呟いていた。

総長の言葉に真っ向から反論はできなかったけれど、こんな色はどこにでも………あれ？

あ、何かを思い出してきたわよ……

そうだ。そういえば、前世で「こんな赤い髪は見たことがない」とは言われたわねぇ……

『こんな血の色とも見紛うばかりの深紅の髪なんて、どれだけ精霊に愛されるおつもりですか？』

『聖女の血色と同じ髪色なんて、恐ろしいほどの器だな!!』

……うん、思い出したら色々言われていたわ。

総合すると、ここまで血の色に近い髪色って見たことないってことだったと思うけど……確かに、色んな人から繰り返し言われていたし、珍しいのかもしれない。

……あ、総長の言葉が正解でしたね。失礼しました。


――その日は、今までで一番前世を思い返した一日だった。

だからだろうか。

ぐったりと疲れて、早々にベッドに潜り込んだ。

そして、初めて前世の夢を見た。


夢の中で、私の護衛騎士だった『青騎士』のカノープスが私を見下ろしていた。

腰まである見事な紺碧の髪をなびかせ、端正な顔をゆがめている。

『殿下、何度申し上げたらご理解いただけるのですか!!』

夢の中の私は思う。

ほほほ、カノープスったら。何度申し上げられても、ご理解しないことは分かっているでしょうに。

けれど、夢の中の私は巧妙で、神妙な顔を作ると悲しそうな声を出す。

『理解が悪くて申し訳ないわね、カノープス。あなたにも苦労をかけます』

『殿下!!』

けれど、間髪入れずにカノープスの反論が返ってくる。

『そのような演技は結構です! ああ、もう、ホント、希代の大聖女が何をやってくれているんですか!!』

さすがだわ、カノープス。私の表面的な表情には一切騙されないなんて、さすが私の護衛騎士です。

　夢の中の私は取り繕っていた表情を改めると、カノープスに向かってにこりと微笑んだ。

『だって、カノープスの領地を少しでも早く見てみたかったんだもの。だから、ちょっと急いだだけよ』

『ちょっと？　ちょっとですか？　はははははは、馬を何頭も乗り換えながら、休みなく丸２日間馬を走らせ続けることを、あなた様は「ちょっと」と表現されるのですか!?　いいかげんになさいませ!!』

『……ごめんなさい』

　本気で心配してくれているカノープスの気持ちが分かった夢の中の私はしゅんとする。

　カノープスは諦めたようなため息をつくと、私の前に跪いた。

『お願いですから、無茶をする前に、私が何のためにここにいるのかをお考えください。私はあなた様の護衛騎士です。あなた様をお助けし、お守りするための存在なのですよ』

『……分かっているわ。衝動的な行動をして、ごめんなさい』

　心から悪いと思った夢の中の私は、もう一度謝罪をする。

　すると、やっとカノープスはしかめていた顔をもとに戻した。

『お分かりいただけたようで、安心いたしました』

　そうして、頭を地面につくほど下げると言葉を続けた。

『至尊の大聖女にして、王国第二王女であられますセラフィーナ・ナーヴ殿下におかれましては、私の領地をご訪問いただきましたこと、深謝いたします。私ども領民一同は、殿下のご訪問を心より歓迎いたします』

カノープスの後ろに位置する少しだけ開いた扉から、領民の顔がちらほらと覗いていた。

誰もかれもが、歓迎のための笑顔になっている。

……ああ、カノープスは領地の誰からも愛されていた。

ねぇ、カノープス。

あなたの代わりに、３００年後のあなたの領地を見てくるわ。

26 サザランド訪問1

「あら、こんなところに、らら〜ら〜。麗しの塊が〜。これは、もしかしたら〜、昨夜、空から落ちた星の欠片でしょうか〜、ぴかぴかぴ〜〜」

地面におちていたぴかぴかに光る石を摘まみ上げていると、横からひょいと腕が伸びてきた。

「うん、ただのどこにでもある石だね、フィーア」

一瞬で確認を終えたファビアンは、私の手に石を返してくれる。

「ふふ、こんな時まで詩歌の練習かな？　でも、その練習はすればするほど、正しい詩歌から遠くなるみたいだから止めた方がいいよ」

ファビアンの言葉を聞いた私は、名残惜しい気持ちでもう一度ちらりと石を眺めた後、地面に戻した。

道中で気になるもの全てを持ち帰っていたら、荷物がぱんぱんになるわよね。仕方がないわ。

――現在、私たち訪問団一行は、サザランドへ向かって一路南下中だ。

ナーヴ王国は海に囲まれた大陸に位置しており、大陸の西端を全て治める大国だ。

南北に縦長な形をしており、国の南端も北端も大陸の端に接している。

つまり、王国の北と西と南は海に面しているということだ。

そして、サザランドは王国の最南端に位置するので、中央にある王都から馬車で約10日かかる。

今回の訪問団は、第一騎士団の騎士80名で構成された。

できるだけ若い騎士に歴史を学んでほしいとのシリル団長の思いから、ファビアンをはじめ若手騎士が多く参加している。加えて文官が20名程度参加しているが、彼らの多くは乗馬できないということで、馬車にて移動中だ。

つまり、騎士たちは騎馬にて移動しているものの、馬車のスピードに合わせなければいけないということだ。

「そろそろ出発するぞ！　休憩は終わりだ！」

出発を促す声に振り向くと、騎士たちの中心に、一人の貴族らしき人物が立っていた。

シリル団長だ。

今回のシリル団長は王弟殿下の名代ということで、騎士服ではなく貴族服を着用していた。

道中で行き交う人々に対して、サザランド訪問団には王族の名代が参加しており、本式典を大事に思っているということをアピールするためだ。

シリル団長は金糸銀糸の縫い取りがされたぴかぴかの貴族服の上から、濃い色のマントを纏い、首元を大きな宝石で留めていた。胸元には幾つもの勲章が飾られ、マントから連なる金の飾緒がきらきらと太陽の光で輝いている。着る人によっては大袈裟でけばけばしい印象をもたらす大仰すぎる服だったけれど、シリル団長は見事に着こなしていた。

全くもって、高位の王侯貴族そのものの姿に「さすが」と納得するしかない。

……総長は、よくぞシリル団長を名代にしたわよね。

遠くから団長を眺めながら、私は総長のご英断に感心する。

敵対的な場所に赴く場合、印象の良し悪しは大事だと思う。

そして、シリル団長はこんなに押し出しがいいんだもの。間違いなくサザランドの領民たちに好印象を与えるはずだわ。

そう思いながら馬に乗ると、ファビアンと並んで走る。

馬上から眺める景色は、全てがきらきらと輝いて見えた。

新しい場所に行くことは、気持ちがいい。見慣れない景色、食べたことのない料理は、新たな感動を与えてくれる。

騎士団が珍しいのか、道々で子どもたちが手を振ってくれた。

笑顔で手を振り返すと、子どもたちが花輪を投げてきた。

空中で受け取り、頭の上に載せてみる。

子どもたちがわぁっと歓声を上げ、私も楽しくなって声を上げて笑う。

くすくすと笑い続けていると、ファビアンから声を掛けられた。

「フィーアはすごいね。いつだって、誰が相手だって、楽しみを見つけることができるんだもの」

「え？　どうしたの、突然？」

「うん、割と前々から思っていたことだけどね。フィーアには幾つも特技があるのだろうけど、最大の特技は、このいつだって、誰とだって楽しめることだと思うよ」

ファビアンがじっと見つめてくるので、そうかな？　と首を傾げてみる。

「そう？　でも、そんな特技なら誰だって持っているわよ」

「フィーアはそう思っているんだ？　でも、残念ながら、その『誰だって』の中には、私もシリル団長も……というか、全ての騎士団長、そして総長は入っていないんじゃないかな」

「ふうん？」

それがどうしたのだろうと思ってファビアンを眺めていると、彼はふふっと笑って見つめ返してきただけだった。

……うん、ファビアンにはこういうところがあるわよね。

答えを知っているのに言わないっていう悪い癖が。

私はファビアンにかっと目を見開いてみせ、〝悪い癖よ！〟という気持ちを伝えてみたけれど、ファビアンは声を上げて笑っていただけなので、上手く伝わったかどうかは疑問だ。

和《なご》やかな雰囲気で進んでいた行程だけれど、目的地が近付くにつれて皆の口数が少なくなった。

そういえば、サザランド訪問は毎年の行事のため、今回参加している騎士たちの多くは、昨年もあの地を訪問しているはずだ。

経験者の多くが静まりだすということは、総長が言われていたように、サザランドで騎士たちはよっぽど歓迎されないのだろうか？

そう思って周りを見回してみると、道端で会う人たちに手を振られなくなっていた。

住人たちは騎士団の行軍に気が付くと、手を止め頭を下げるけれど、初めのころに見られた笑顔の歓迎はなくなっている。

そして、歓迎されないという傾向は、サザランドの土地に入った途端、ますます顕著になった。

まず、人々の姿がほとんどない。

訪問時期を事前に知らせてあるはずなので、王族の名代が訪れることは分かっていたはずなのに、住民たちが見当たらないのだ。

通常ならば、歓迎の意を表すため、住人たちが道の両脇に立って出迎えてくれるだろうに、人自体が見当たらない。

住民たちが顔を合わせたくないと、敢えて家に閉じこもったとしか思えないほどの閑散ぶりだ。

かろうじてちらほらと見える住人たちも、遠くから頭を下げてくるだけで、親しくしようという雰囲気は全く感じられない。

あれー、これは何だ――――？

私はこてりと首を傾げる。

サザランドの民は、土地の温暖な気候を反映したように、穏やかで温かみのある気質を持っていたと思っていたけれど？

そう考えながら、サザランドの民に対する知識を、頭の中から引っ張り出してみる。

――元々、サザランドの住民の多くは、大陸の南に位置する離島で暮らしていた。

離島の火山が噴火したことにより住む場所を失い、サザランドに移り住んできたことが始まりだったはずだ。

褐色の肌に紺碧の髪の気のいい一族。それがサザランドの民だ。

一時だって黙ってはいられない、どんな小さなことでも笑わずにはいられない。そんな陽気で楽しい民族だと思っていたのだけれど。

けど、私がこの地を訪れたのは前世で一度きりだし、当時の領主だったカノープスが同行していたので、皆が私に気を使ってにこやかにしてくれていただけかもしれない。

私はぼんやりと前世を思い返しながら、仲間の騎士たちに交じって馬を走らせた。

誰もが居心地の悪い雰囲気を感じ取っているのか、無口になっている。

ファビアンも、不思議そうに首を傾げていた。

「シリル団長が治められるサザランドの地がこんな雰囲気だとは、夢にも思わなかったな……。領主の帰還を誰も出迎えないなんて……」

一行はそのままシリル団長の住まい――領主の館に到着した。

……ああ、この建物よ。

海辺に似合う青と白の美しい館を目にした私は、思わず頰が緩むのを自覚した。

そう、太陽の光に照らされて青と白に輝くこの館が、サザランドの領主館だったわ。

ふふ、３００年前の建物のままなのね。懐かしいわ。

馬から降りて積んだ荷物をほどいていると、遠くから新たな馬の蹄の音がした。

不思議に思って門の方に視線を転じると、初めて見る騎士たちの一団が目に入った。

どうやら、この地を担当している第十三騎士団らしい。

一番立派な馬からひらりと降り立った団長らしき人物を目にした私は、あれ？　と首を傾げた。

髪も肌も日に焼けた、背の高い男性だった。

きっちりと鍛えられているようで、立派な筋肉質の体つきをしているけれど、……この騎士、弱くないかしら？

……ええ、私の知っている騎士団長の中では、断トツで弱いと思いますよ。

◇　◇　◇

「お久しぶりです、シリル団長。遠路はるばるご足労いただきまして、恐縮です」

第十三騎士団長とおぼしき長身の騎士は、シリル団長に対して深々と頭を下げて挨拶をしていた。対するシリル団長は、呆れたようなため息をついている。

「まだそれですか、カーティス。あなたは騎士団長なのですから、私は同僚ですよ。シリルと呼び捨ててください」

「でしたらシリル団長も、私に対する敬語はお止めください」

「私のこれは習慣ですので、止めることには非常に努力がいるのですが……」

「私もです。シリル団長に長年お仕えした身としては、シリル団長を同格と扱うことに、大変な努力と苦痛を強いられます」

カーティス団長は真剣な顔で、シリル団長に訴えていた。

シリル団長は小さくため息をつくと、カーティス団長を皆の方に振り返らせた。

「第一騎士団の中には初めての方もいらっしゃるでしょうから、紹介しておきます。カーティス第十三騎士団長です」

改めて紹介されたカーティス団長は、日に焼けた水色の髪を肩に着くほど伸ばした、三十代前半の長身の騎士だった。

にこりと微笑まれると、日に焼けた肌との対比で、白い歯がすごく清潔に見える。

「第一騎士団の皆さん、初めまして。第十三騎士団長のカーティス・バニスターです」

端正な顔で静かに挨拶をされた印象は、体格のよい文官という感じだった。

何というか、今まで見てきた騎士団長と違って、全く迫力がない。

こうやって見ると、シリル第一騎士団長、デズモンド第二騎士団長、クェンティン第四魔物騎士団長、ザカリー第六騎士団長って立派な騎士団長だったのねと改めて思う。

全員、体の中から湧いてくる迫力があったし、人を従わせる力があった。

けど、このカーティス団長は見るからに控えめだし、主張が弱そうだし、声まで小さいようだ。

こんな感じで力を好む騎士たちを掌握できるのかしら、と不思議になる。

じっと見つめていると、カーティス団長と目が合った。

瞬間、カーティス団長は驚いたように目を見開いた。

「公爵夫人！」

「ほえ？」

思わず奇声を上げてしまったけれど、カーティス団長は私の声など聞こえていなかったかのように、目を見開き続けていた。

「え？　公爵夫人って私のこと？　……それは、つまり、公爵夫人みたいに私が気品に溢れているってこと？」

意味が分からないので、隣に立っているファビアンに問いかけると、彼は真顔で切り返してきた。

「うん、絶対に違うと思うよ。とっさにそう考えるフィーアを、私は本当にすごいと思う。……文字通り、公爵夫人に間違われたのじゃないかな？」

「ええ!?　ということは、この地に公爵様がいらっしゃるの？」

驚いて大きな声になった私に、他の騎士たちの視線が一斉に集まる。

あ、あれ？　何かおかしなことを言ったかしら？

呆れたような騎士たちの視線を感じ、思わず一歩後ろに下がると、誰かにぶつかった。

慌てて振り返ると、シリル団長に見下ろされていた。

シリル団長は数秒間無言で私を見つめると、作り物だと分かる綺麗な笑顔を張り付けてきた。

「こんにちは、レディ・フィーア。サザランド公爵のシリルです」

言いながら、シリル団長は左足を後ろに引き、右手を胸に当てて軽く頭を下げると紳士の礼を取る。

ぐぬぬ……

馬鹿にされていることは分かったけれど、完璧な上級貴族の姿を見せつけられて、咄嗟に言い返すことができない。

私が何も言えないでいる間に、シリル団長は姿勢を正すと、軽く頭を振った。

「本当に、驚くほどフィーアは私に興味がないのですね。私が公爵であることなんて、私が第一騎士団長であることと同じくらい、知られている話なのに。つまり、あなたはただの一度も、私のことについて誰にも尋ねなかったということですね」

「……ぐっ。わ、私は噂話で確かめるのではなく、自分の目で見て確かめるタイプなのです」

「それは見上げた心がけです。けれど、あなたの調査能力では、いつまで待っても、私のことを知らないままでしょうね。……先日、このサザランドの地は父が拝領したと説明しましたが、より詳細に説明するならば、王族籍を捨てて臣下に下った際に、ということです。私の父は前王の弟でした」

「前王弟殿下の血筋!!」

私は驚いて目を丸くした。

……な、なんてこと。シリル団長が王家の血を引いていたなんて。

でも、そう言われれば納得する。

この広大で肥沃なサザランドを下賜《かし》されるなんて、一体どんな理由があったのだろうと疑問だったのだけれど、臣籍降下ならば納得だ。

王族の名代というのも、王家に連なる一族ならば、おかしな話ではない。

「た、確かにこれだけ立派な土地を拝領するなんて、高位貴族だろうとは思っていましたけれど、まさか公爵だったなんて……」

心底びっくりしてシリル団長を見つめていると、団長は諦めたように片手を上げた。

「こんな誰でも知っている情報で驚かれるなんて……。この際です、フィーア。疑問があるなら尋ねてください。あなたの疑問を放っておくと、勝手に誤解されそうで、恐ろしい思いがします」

私はこくりと唾を飲み込むと、カーティス団長に呼びかけられた時からの疑問を口にする。

「ええと、では、私が公爵夫人に間違えられたということは、シリル団長の奥様と私は似ているんですか？」

「…………」

シリル団長に無言のまま軽く目を見開かれてしまい、おかしな質問をしてしまったのかと心配になる。

そして、自分の言葉を頭の中で反芻《はんすう》し、何を誤解されたのかを理解すると、慌てて言葉を続けた。

「ち、ち、違います！　そ、その、別に、私がシリル団長の好みなのかな――とか、そういうことを尋ねているわけではありませんから！」

焦って言葉を付け加えた私に、シリル団長はわざとらしく大きなため息をついた。

「そこからですか、フィーア。私に興味がないにも程がありますよ」

「え？　あの？」

「私は独身です。シリル・サザランド。27歳。187センチ。両親は鬼籍に入っており、兄弟はいません。王位継承権第二位と公爵位を持ち、第一騎士団長を拝命しています」

「お、おういけいしょうけん……！」

「……そこもですか。逆に、あなたは私の何を知っているのでしょうかね？」

「え？　も、もちろん、グレーの髪に青い瞳の騎士だということは、知っていますよ!!」

「誰でも、出会って1秒で分かることですね。……あなたに期待をした私が愚かでした」

シリル団長は深々とため息をつくと、疲れたような声を出した。

「カーティスが言ったのは、10年前に亡くなった私の母のことでしょう。私の母も、あなたと同じように赤い髪をしていましたから。ここは、住民の多くが紺碧の髪色をした離島出身者で占められているので、王都では珍しくもない赤い髪が、非常に珍しく映るのです。……多分、カーティスは髪色だけで、私の母とあなたを見間違えたのでしょうね」

あなたが私の母親だなんて、そんな恐ろしい想定は夢の中でもごめんですね、とシリル団長は続けていたけれど、私はシリル団長にそれ以上構うことなく、カーティス団長を振り返った。

「カ、カーティス団長、私は15歳です。それなのに、こんな大きな子どもがいるように見えたんですか？　……シリル団長が息子？　……い、嫌です！　こんな有能で隙がない息子なんて、お断りです!!」

「あ、も、申し訳ない」

カーティス団長は慌てて近寄ってくると、私の手を取った。

「私は少し視力が悪くてね。遠目には君の赤い髪だけがはっきり見えて、この地で赤い髪を見たのは10年ぶりだから、全く見当違いな発言をしてしまった。……うん、近くで見ると可愛らしく、きりりとした女性騎士だ。このきりりとした雰囲気を、公爵夫人の凜とした雰囲気と勘違いしてしまったようだね」

「ふ、ふふふふふ、そ、そうなんですか？」

カーティス団長の発言を聞いた私は、にまりとしてファビアンを振り返った。

「ファビアン、聞いた？　どうやら私の溢れ出す気品が、誤解を与えてしまったみたいよ」

「……その言葉を信じるんだ？　さっきも言ったけれど、フィーアはすごいね。いつだって、誰が相手だって、楽しくなれるんだもの」

ファビアンは呆れたように肩をすくめた。

あ、あれ？　さっきも同じような言葉を言われたけれど、今回は少しニュアンスが違うように感じるわよ？

ファ……、ファビアン。

たまに褒められた時くらい、喜んだっていいじゃない！

◇　◇　◇

「……ええと、荷物が少なすぎたかしら？」

あてがわれた部屋に入り、持ってきた荷物を広げると、私は思わず独《ひと》り言《ご》ちた。

――サザランドには、10日間滞在する予定となっている。

滞在期間中、訪問団の一行はシリル団長の館で寝泊まりする予定だ。

一部屋に数人ずつ泊まるとはいえ、１００名も一度に泊めることができる館ってすごいわね、と思いながら、持ってきた荷物を整理する。

その後、私たちは一部屋に集められ、サザランドでのスケジュールを説明された。

説明によると、式典は7日後に行われるので、それまではサザランドの地でゆっくりと住民たちと触れ合いながら過ごすとのことだった。

――――式典。

それは、慰霊の地で命を落としたサザランドの住民たちに、祈りを捧げる催しだ。

「10年前、シリル団長のご母堂である前公爵夫人が、サザランドで命を落とされた」

突然そんな言葉で説明が始まったため、その場は一気にしんと静まり返る。

その後続けられた説明によると、シリル団長のお父様――――当時の公爵は、事件時にその場に居合わせており、サザランドの民にこそ公爵夫人の死の原因があると思い込んで、騎士を率いて住民を攻撃したとのことだった。

騎士たちと住民たちとの攻防が続いたのは、たったの2日間だったけれど、戦力差は明らかで、数百人もの民が犠牲になった。

後になって当時の状況が明らかになったけれど、住民たちの罪状については白黒はっきりつけられない結果だったらしい。

つまり……

『公爵夫人は不慮の事故により海の中に投げ出された』

『住民は公爵夫人の事故に一切加担はしていないけれど、溺れていた公爵夫人を積極的に助けようともせず、結果として公爵夫人は溺死した』

そして、この事実に対して、国は以下の見解を示した。

『領主夫人の危機に際して、住民は積極的に救命行動を起こすべきだった。住民の協力があれば、公爵夫人は助かっていたはずだ』

この見解は、住民たちの反感を大いに買った。

加えて、サザランドの一族が、そのまま公爵家と土地を引き継いでいったことにも、住民たちは不満を募らせた。

戦いの中で公爵が命を落とし、サザランド公家は当主夫妻をともに失うという痛手を受けたことを理由に、公爵家にはわずかのペナルティしか与えられなかったことも、住民たちの心証を悪くした。

このため、仲間を殺された住民たちの、公爵家と騎士に対する嫌悪感は強く、10年経過した今でも、その関係は改善されていないとのことだった。

そのこともあってか、「サザランドの嘆き」と呼ばれた事案について、後に国は一定の罪科を認め、毎年王族が慰問のためにこの地を訪れているらしい。

そして、事件発生日に合わせて式典を行い、亡くなられた住民たちのご冥福を祈っているとのことだった。

「う――――ん」

説明を受けた私は、こてりと首を傾げた。

聞いた限りの話では、住民たちに明らかな罪はないと思う。

事件が起こった海は潮の流れが速く、助けに行くには危険を伴うという。

住民たちが海に飛び込むのを躊躇したとしても、仕方がないんじゃないだろうか。

それなのに、一方的に多くの仲間が殺された上に、救助行動をしなかったことに問題があったと、国から裁定が下されている。

対する騎士たちは、住民たちに直接手を下したにもかかわらず、軽い罰しか受けていない。

怒り狂っても当然だと思う状況にもかかわらず、騎士たちを指揮した公爵一族が、この地を統治し続けているこの10年間、住民たちは一度も反乱を起こすことなく耐えている。

王族の慰問にしたって、受け入れる義理はないのだ。

「あなた方の気持ちは受け入れない」と突っぱねたっていいのに、――――まぁ、実際には色んな理由をつけて、婉曲に断ることになるのだろうけれど――――それもしないで、黙って受け入れている。

……うん、サザランドの住民は、すごく心優しいんじゃないかな。

私はぼんやりと、３００年前を思い返していた。

サザランドの民は、いつだって楽しそうに笑っていた。

「大聖女様」「大聖女様」と、誰もが全力で好意を表してくれた。

美味しいものを作ってくれたり、綺麗な花を摘んでくれたり、楽しい話をしてくれた。

一時だって、私を一人にはしてくれなかった。

……うん、優しくて、親しみ深くて、義理堅い住民たちだったわ。

多分、あれが彼らの本質だから。

だから、シリル団長と分かり合ってくれるといいなと思う。

なぜならシリル団長は、優しくて思いやりのある騎士だから。

自分の騎士団の騎士たちを、（独身にもかかわらず）自分の子どものようだと可愛がり、面倒を見ている。

団長は住民たちも同じように慈しみ、大事にして面倒を見たいのじゃあないだろうか。

だから、歩み寄ることもできず、一方的に拒絶されている今の状況は辛いだろうな。

住民たちがシリル団長のことを知ってくれたら、きっと仲良くなれるのに。

――私は立ち上がると、窓辺に移動した。

窓からは、海と山に囲まれたサザランドの美しい景色が広がっている。

……サザランドは、シリル団長にとって悲しみの地なのかもしれない。

10年前のシリル団長は17歳だ。

17歳の時に相次いで両親を亡くすなんて、酷い悲しみだったろう。

しかも、寿命だとか、どうにもならない病気だとかではなく、不慮の事故や戦死だ。

救えたかもしれないと、繰り返し、繰り返し、後悔したのかもしれない。

その上、自分の両親が原因で、守るべき住民たちを死なせている。

結果、住民たちからは壁を作られ、近寄ることもできていない。

……うん、私の知っているシリル団長なら、耐えられない状況だろうな。

「フィーア、今日はもう自由にしていいみたいだから、一緒に周りを探索しない？」

ぼんやりとしていたところに突然声を掛けられ、私は驚いて目をぱちぱちと瞬かせた。

いつの間にか皆は解散しており、ファビアンだけが私を待っていてくれた。

「ファビアン！　……ご、ごめんなさい。ちょっとぼんやりしていたみたいね。ええ、一緒に行くわ！」

慌てて答えると、ファビアンはにこりと笑った。

「よかった、これで一人で回らなくてよくなったよ。どこに行きたい？」

「え、どこでもいいの？　だったら、海を見てみたい！　それから、サザランドの街並みを！」

「フィーアは、サザランドは初めてなの？」

「……え？　あ、う、うん、そう。初めて」

本当は前世で一度訪れたことがあるけれど、滞在したのはたったの数時間だったし、領主館から一歩も出なかったので、この地は初めてと言っても間違いではないだろう。

「サザランドの海を見てみたいと、ずっと思っていたの。それから、太陽にきらきら反射するっていう白壁の街並みも」

前世で別れを惜しんでくれた住民たちに、「もう一度訪れるから、次はゆっくりこの地を見て回る」と約束していたことを思い出す。

……ああ、結局、住民たちとの約束を果たせなかったんだわ。

だったら、今世でその約束を果たさないとね。

そう考えながら、ファビアンと連れ立って、まずは海辺に歩いて行った。

海から吹く風が、潮の香りを運んでくる。

足元で感じる、さくさくとした砂の感触が気持ちいい。

私は一旦立ち止まると、周りを見渡した。

美しく青い海が、どこまでも広がっていた。

……ああ、これが前世で、護衛騎士だったカノープスが愛した土地ね。

そして、この美しい土地は300年たった今も、住民たちに愛されているのだわ。

波打ち際まで近付いた時、一際強い風が吹いて私の髪を巻き上げた。

「あ、あ、くしゃくしゃになる……！」

慌てて髪を手で押さえていると、背後から「大聖女様！」と可愛らしい声が掛けられた。

振り返ると、5～6歳の子どもが数人、きらきらした目でこちらを見ていた。

「赤い髪！　金の目！　大聖女様だ!!」

嬉しそうに言いながら駆け寄ってくると、次々に私に抱き着いてきた。

咄嗟にしゃがみ込んで受け止めようとしたけれど、3人目くらいで子どもの勢いに耐え切れず、後ろに倒れこんでしまう。

「あはははは、大聖女様ぁ！」

子どもたちは面白がって、倒れた私の上からさらに抱き着いてくるものだから、私も楽しくなって声を上げて笑う。

「あははは、子どもたち！　私を転がすとは、大した腕前ね！」

ごろりと転がって横に逃げ、子どもたちを笑いながらくすぐっていると、頭上から声がした。

「楽しそうですね、フィーア」

子どもたちと一緒に振り返ると、シリル団長とカーティス団長が連れ立っていた。

「あ、あら、シリル団長。ええ、まぁ、その、ちょっとした訓練ですわ」

慌てて立ち上がり、団長たちに向き直りながら子どもたちをちらりと見ると、子どもたちは笑いを収め、顔を強張らせていた。

あ、あら、今まで笑っていたのにどうしたのかしら？

子どもたちの突然の変わりように驚きながら、子どもたちと団長たちとを交互に見やる。

……別に、団長たちに角や牙が生えているわけでもないけれど？

そう思いながら、何を怖がっているのかしらと首を傾げているうちに、子どもたちの一人が突然、弾かれたように駆け出した。

つられたかのように、次々と他の子どもたちも後に続き、あっという間に全ての子どもが見えない場所まで走り去ってしまった。

「ふふ、元気がよくて、いい子たちばかりですね？」

風のように去って行った子どもたちを見ながら、シリル団長に笑いかけると、団長は軽く目を伏せて答えた。

「そうですね。この地で健やかに、幸せに暮らしてくれればと思います」

「団長が治める土地なら、間違いないですよ」

自信を持って答えると、困ったように微笑まれた。

「そうでしょうか。少なくとも子どもたちは、私を見て走り去っていったのだと思いますよ」

……そ、そうだった。

この地の住民たちは、騎士や領主一族に良い感情を抱いていないんだった。

シリル団長は騎士服に着替えてきているので、領主だとまでは分からなかっただろうけど、シリル団長だかカーティス団長だかの騎士姿が原因で走り去っていった、というのは正しいかもしれない。

私はちらりと、シリル団長とカーティス団長を見上げた。

……うん、２人とも、平均よりもだいぶ背が高いわよね。

背が低い子どもたちからしたら、この大男たちは怖く見えるのかもしれない。

「ええと……、シリル団長とカーティス団長は仲が良いのですか？」

これ以上この話を続けることは得策ではないと思い、話題を変えるために簡単な質問をすると、カーティス団長が小さく微笑みながら答えてくれた。

話題を変えたいという私の意図を、汲み取ってくれたのかもしれない。

「私は元々第一騎士団所属で、シリル団長の下で働いていたんだよ。だから、仲がいいという表現はおこがましいな」

「えっ、カーティス団長は第一騎士団所属だったんですか!?　だったら、エリートじゃないですか！」

驚いて思わず声に出すと、カーティス団長から可笑しそうに笑われた。

「それを第一騎士団所属の君が言うんだ？　だったら、君もそうじゃないの？」

「へっ？」

「……カーティス、フィーアが優秀か否かというのは、私もまだ解けていない難問ですので、解答は保留にしておいてください」

「えっ？　シリル団長は誰よりも人を見る目があると思っていましたが、団長にも判断できない人物がいるんですか!?」

シリル団長の言葉を聞いたカーティス団長は、驚いたようにまじまじと私を見つめた。

「ああ、なるほど。赤い髪に金の瞳って、大聖女様と同じ色だよね。シリル団長が冷静に判断できなくなるのも、分からないではないけど……」

カーティス団長はぼそぼそと小声でつぶやくと、私に向けて話しかけてきた。

「シリル団長はね、当時、一介の騎士でしかなかった私を、第十三騎士団長に抜擢してくれたんだよ。当時の私は、騎士団長になれるほどの功績も実力もなかったから、『なんであんなのが！』って相当反対されたんだけど、シリル団長が押し切ってくれてね」

カーティス団長の言葉を聞いたシリル団長は、懐かしむように目を細めた。

「カーティスは第一騎士団に5年間所属しており、毎年この地の慰問に同行していました。この地の民は騎士に嫌悪感を抱いており、私たちは避けられ続けていたのですが、どういうわけかカーティスだけは、仲間の一人のように受け入れられていたのです。それで、当時この地の騎士団長が、住民たちに受け入れられずに苦慮していたこともあって、3年前にカーティスをこの地の団長に推薦したのです」

「ふふ、他の騎士団長と比較すると、私の強さは不足しているんだけど、住民との親和性という1点で、団長として推薦してもらったんだよ」

軽い感じで話をするカーティス団長に、シリル団長は咎めるような視線を向けた。

「カーティス、あなたの強さは十分及第点です。そうでなければ、騎士団長には選ばれません」

「お気を使っていただき、ありがとうございます。けれど、大丈夫です。自分が他の団長たちと比べて弱いと実感し、落ち込む時期は過ぎました。今は、自分の実力を正しく把握し、その上でできることを行っています」

「……それは失礼しました。さすがは私が見込んだ騎士ですね」

シリル団長は褒めるようにカーティス団長に答えた後、小さくため息をついた。

それから、少し緊張した感じで私に向き直る。

何か用かしら？　と思って見つめ返していると、シリル団長はきゅっと口を引き結び、何事かを決意したかのような表情で腰をかがめ、片膝をつく形で目線の高さを合わせてきた。

「シ、シリル団長……!?」

まるで跪くような体勢に驚いて声を上げると、片手を取られた。

「フィーア、お願いがあります。これは友人としてのお願いなので、あなたには拒否する権利があります」

「は、はい？」

……お、お願い？　改まって何かしら？

「この地は大聖女信仰が強い土地で、住民たちは赤い髪に思い入れがあります。先ほどの子どもたちが、あなたを『大聖女様』と呼んでいたように、この地で赤い髪は伝説の大聖女様を連想させるのです。ただ……」

そこで一旦言葉を切ると、シリル団長は私の赤い髪に視線を移した。

「あなたも10年前に起こった『サザランドの嘆き』については、聞き及んでいるでしょう？　あの事件で発端になったのは、赤い髪の私の母でした。そのことと、そもそも母がこの地の住民に受け入れられていなかった事実が加わり、あの事件を知っている一定以上の年齢の住民は、赤い髪に拒絶反応を起こすのです。ただ、拒絶しながらも、大聖女様の髪色だからと、受け入れたい感情もあるはずです。……この地には、未だ多くの思いが沈殿しています。あなたの髪は、良きにつけ悪しきにつけ、住民たちに影響を与えるでしょう」

「…………」

な、何だか、複雑な話になってきたわよ。

「……この地は10年間、時が止まっています。そして、そのことは誰のためにもならない。だから、現状を打開するために、強心剤が必要なのです。赤い髪のあなたなら、その強心剤になれます」

「へ？」

「……あなたは覚えていないでしょうが、以前あなたは、聖女様のあるべき姿について語りました。それを聞いた私は、心臓を掴まれたような心地になりました。……赤髪の女性ならば、誰だってこの地で強心剤になりえますが、この地の状況を好転させるには強い思いが必要です。私はその役割を、あなたに担っていただきたいのです」

「……………え……っと」

「この地に沈殿している澱は深く沈んでおり、常識的に考えて、あなた一人で何とかできるものではありません。ですから、現状が何一つ動かないまま、10日後にこの地を去ることになっても、あなたは気にする必要はありません。……ただ、何かを変えることができる者がいるとしたら、それはフィーア、あなたではないかと私は考えるのです」

「…………え、あ、あの……」

……ど、どうしよう。

すごく、大それた話になってきているんだけど……

「初めに述べたように、あなたには拒否する権利があります。住民たちの赤い髪に対する思いは強烈なので、場合によっては、あなたが不快に思うようなことや、危険な目に遭うことがあるかもしれません。拒否する場合は、こちらに滞在する期間中、領主館内での業務に就いていただくので、住民の前に姿を現す必要はありません。……ただ、どちらを選択するにしても、私はあなたにこの地に赴いていただき、自分の目で現状を見た後で決断していただきたかった。そのために、説明が遅れたことについてはお詫びします」

「…………」

私は咄嗟に何とも答えることができず、シリル団長をじっと見つめた。

こんな場面だというのに、何かを強制するでもなく、圧力をかけるでもない静かな表情だった。

けれど、よく見ると、青い瞳が暗く翳《かげ》っている。

……シリル団長は、苦しんでいる。

団長の話を聞いている間中感じていたのは、団長の苦しみと、何とかしたいという住民たちへの思いだった。

多分、団長は領主になってからの10年間、色々なことを試してみたのだと思う。

けれど、どれも功を奏さず、藁にも縋る思いで私に頼み込んでいるのだ。

騎士団長と一介の騎士の関係だ。

一言命じれば済むはずなのに、わざわざ友人という関係を作って、断れる道を用意してくれた。

——驚くほど優しい騎士だ。

この優しさが、住民たちに伝わらないのは、嫌だなと思う。

陽気で人の好いサザランドの住民が、負の感情を抱き続けている現状も、嫌だなと思う。

私はここに到着するまでの道中、ほとんど住民たちを見かけることがなかった、閑散とした街路を思い出していた。

ぽつぽつとたまに目にした住人たちは、私たちを遠巻きにするだけで、歓迎する気持ちは微塵も感じられなかった。

前世で領主であったカノープスに対する反応とは、天と地の差だ。

——うん、こんな関係は誰のためにもならないわ。

「……シリル団長は立派な領主だと思いますし、サザランドの住人も好きです。どこにも悪い人がいないのに、仲良くなれない現状は間違っていると思います。……私がどれだけお手伝いできるか分かりませんが、お手伝いさせてください」

私はシリル団長の目を真っすぐ見つめると、はっきりとした声で返事をした。

シリル団長は初めて見るような弱り切った表情で微笑むと、「ありがとう」と呟いた。

「あなたは自分の意思で決断したと思っているのでしょうが、私が多分に影響を与えてしまっていることは自覚しています。ですから、決断していただいたあなたの身の安全は、絶対に保証します。あなたには私かカーティスが常に同行します。この地で一定の信用を勝ち取っているカーティスが同行することは、あなたが安全な人物であることを住民たちに示すことにもなりますので」

シリル団長は立ち上がると、ファビアンに視線を向けた。

「聞いた通りです、ファビアン。何かあった時は、フィーアの護衛をお願いします」

「承知しました」

ファビアンは生真面目な声でシリル団長に返事をしていた。

◇　◇　◇

「それで、私は具体的に何をすればいいのでしょう？」

この地の強心剤になってほしいと言われたものの、具体的に何をすればよいのかが分からないため、シリル団長に尋ねてみる。

「そうですね、私やカーティスとこの地を巡っていただければと思います。あなたが何かをしなくとも、あなたを見た住民たちは強烈に反応するでしょう。立ち止まることを止めて、考えはじめると言い換えても良いかもしれません」

「なるほど…………」

シリル団長の言葉にうなずいていると、静かに片手を取られた。

「フィーア。……私が同行していない時に住民たちに言われたことや、取られた行動は、逐一報告してください」

「了解しました」

心配そうに見つめてくるシリル団長の気持ちが分かるので、にこりとして答える。

それでもまだ心配が尽きないとばかりに、私の片手を握りしめているシリル団長を見て、団長業務は大変だなと思う。

……まぁ、心配性なところも、優しいところもシリル団長の長所で、悪いことだとは思いませんけどね。

私はこてりと首を傾けると、シリル団長にこれからの行動を確認する。

「シリル団長、ファビアンと私は、これから街で買い物をしようと思っていたのですけど、予定を変更した方がいいですか？」

「……いえ、でしたら、私たちも同行させていただければと思います」

シリル団長の発言により、その場にいた全員で街まで足を延ばすことになった。

カーティス団長は慣れた土地のためリラックスしていたけれど、シリル団長は落ち着かない様子だ。

……うーん、シリル団長って色々気をまわしすぎて、苦労するタイプだよね。

せめてこれ以上シリル団長に気苦労を与えないよう、私だけでも迷惑を掛ける行動は止めようと心に決める。

心の声が聞こえたわけでもないだろうに、ファビアンがちらりとこちらに視線を送ってきた。

「そんな真剣な顔をして、フィーアは何を考えているのかな？　君は普段通りがいいと思うよ。違う事をしようとすると、問題を呼び寄せそうな気がする」

「し、失礼な！　私は普段から、従順でおとなしい新人騎士ですよ！」

「………………」

「………………」

「その通りだね。君は控えめな騎士だと思うよ」

どういうわけか、肯定してくれたのはカーティス団長だけだった。

そのことを不満に思いながら、街の中に入る。

さすが公爵領の街だけあって、賑わいのある通りだった。

道幅は広く、両側にびっしりとお店が並んでいる。

果物をかじりながら歩いている人や、友達と話をしながら店先を覗いている人など、多くの人が楽しそうに往来していた。

お店にしても、パンやお肉といった食べ物屋から、日用品や雑貨を販売する店舗など、様々なものが並んでおり、眺めるだけでも楽しそうだ。

私は突然あることを思い出し、得意げに3人を振り返った。

それから、内ポケットに入れていた封筒をじゃじゃんと取り出す。

「見てください！　私は今回、軍資金持ちなんですよ！　なんと、デズモンド団長がおせんべつをくれたのです！」

見せつけるようにひらひらと振って見せた封筒の中には、デズモンド第二騎士団長からもらったせんべつ金が入っていた。

「へぇ、デズモンドは直属でもない部下にせんべつを渡すんだ？　なんだか意外だな」

不思議そうに首を傾げるカーティス団長に対して、シリル団長はにべもなく切り捨てた。

「デズモンドには妻も恋人もいませんからね。高給取りだというのに、お金を使う機会も相手もいないだけです。フィーアにせんべつを渡すくらいには、十分お金が余っているのでしょう」

「ええと、デズモンド団長のおみやげは何にしようかな？」

面倒くさい話になりそうだったので、あくまで自分の話に切り替えたのだけれど、横からごちゃごちゃと口を差し挟まれる。

「女難防ぎのアイテム、あるいは逆に、縁結びアイテムあたりがいいと思いますよ」

「シリル団長のアイデアもいいけれど、デズモンドなら食べ物じゃないかな。肉とか、肉とか、肉がいいと思うよ。燻製させたものなら日持ちするし、お薦めだよ」

全く性質の異なるおみやげを提案されて困っている私に、ファビアンも新たな提案をくれる。

「サザランドは貝が有名だから、貝で作られたチェス盤とかどうかな？」

くうっ、別々の物を提案するのは、止めてくれないかしら。

どれを選んでも角が立つじゃあないの。

だからって、全部買ったら、おせんべつの金額を超えそうな気がするし……

困ったなぁと思いながら、取り敢えず目の前で売っている、葉っぱに包まれた煮魚を買うことにする。

「1つください！　すぐ食べます」

お店の主人は笑顔で商品を渡そうとしてきたけれど、私の髪を見た瞬間、ぎょっとしたように目を見開いた。

「え？　ど、どうかしましたか？」

あまりに驚かれるので、思わず聞いてしまう。

「い、いや、何でも……」

もごもごと口ごもりながら商品を手渡してくれたお店の主人だったけれど、今度は明らかに視線をそらされた。

わぁ、これが、シリル団長が言っていた「赤い髪拒絶反応」かしら。

ここまで分かりやす過ぎると、さすがに見逃すことはないわね。

そう思いながら葉っぱをぺりぺりっと開いて、中の魚を食べやすいように剝いていく。

「あら、ほんとに煮てあるのね。この魚は焼き魚のイメージだったわ……」

緑の丸い模様が特徴の、サザランド海域にしか生息しない魚だけど、前世で食べた時は焼いてあって、それが美味しかったのを思い出す。

私のつぶやきをひろった店主は、はっとしたように顔を上げて、私を凝視してきた。

……あ、あれ？　魚を食べる時、大口を開けすぎたかしら？

それとも口元にソースが付いているのかしら、と思ってさり気なく手の甲で口元を拭ってみるけど、手にソースは付いてこない。

ああ、この穴が開くほど凝視されるというのも「赤い髪拒絶反応」なのかしら？

そう思いながら、シリル団長、カーティス団長、ファビアンを振り返る。

「このお魚、すごく美味しいですよ？　団長たちも食べます？」

3人は揃えたように、首を横に振った。

あら、美味しいのに。

私はもぐもぐと残りのお魚を食べながら店先から離れると、隣のお店を覗き込んだ。

隣の店先には、私の頭位の大きさがある茶色い木の実が幾つも並べてあった。

「あ、これ美味しい木の実ジュースだ！」

私の声にその店の店主は笑顔で顔を上げたけれど、赤い髪を見ると、やはり驚いたようにぎくりと体を竦《すく》ませる。

……あら、またもや「赤い髪拒絶反応」だわ。

姿を見られただけでこんなに竦まれると、自分が怪物にでもなった気分になるのだけど。がおー。

「おじさん、私の赤い髪って怖いです？　それとも、気付いていないだけで、私って実は恐ろしい外見をしているんですかね？」

人の良さそうな店主だったので、素直に尋ねてみる。

店主は数秒間無言で、私を頭のてっぺんから足先までじろじろと眺めると、恐る恐るといった風に口を開いた。

「お嬢ちゃんは騎士……なのかな？　それとも、騎士の格好をした聖女様？」

「はい、騎士ですよ。普段は王都に勤めていますが、慰問のためにサザランドを訪問しているところです」

「騎士、騎士なのか……。そんな赤い髪をしているというのに」

「赤い髪にも色々ある。大聖女様の赤は暁の色だ。……きっと、この色じゃあない」

「ああ、でも、もったいない。せっかく赤い髪をしているのに……」

いつの間にやら人だかりができており、私たちの会話を拾った人たちが周りで発言していた。

シリル団長が言っていたように、住民たちが赤い髪に思い入れがあるというのは事実のようだ。

そう思い、黙って聞いていたのだけれど、住民たちの会話の一部が何かの記憶に触れたように思われ、口を開く。

「暁の赤……。そういえば、以前どこかで、私の髪を『暁の赤』と表現されたことがありますよ」

ええと、どこだったかな。

前世だったのは間違いないけど、みんな好き勝手に私の赤髪を表現していたからな。

「こ、この髪色が暁の赤……」

「これが……あの……」

住民たちは突然、あり得ないものを見るかのように、私の髪をまじまじと見つめ出した。

あ、あれ？

そんなに注目を集めるようなことを言ったかしら？

何かを言うべきかと思い、口を開きかけたところで、どすんと勢いよく何かが背中にぶつかってきた。

驚いて振り返ると、私にぶつかった勢いで跳ね返り、尻餅をついている子どもの姿が見えた。

よく見ると、先ほど海辺で出会った子どもの一人のようだ。

「大丈夫？」と声を掛けながら助け起こすと、子どもは動転したかのように、がくがくと震え出した。

「た、た、助けて。み、みんなが森で魔物に襲われた……！」

「えっ？」

驚いて思わず声を上げたけれど、まずは子どもを落ち着かせようと、同じ高さの目線になるためにしゃがみ込む。

……魔物ですって？

あまり強くないといいのだけれど……

そう考えたところで、離れた場所に位置していたはずのシリル団長たちが、すぐ後ろに立っていることに気付く。

……あ、そうでした。私は精強な3名の騎士と一緒でした。

ちょっとくらい強い魔物でも、問題ないですね。

そう思い直し、子どもの顔を覗き込もうとしたけれど、顔見知りの大人を見たことで安心したのか、男の子は私に抱き着いて、わっと泣き出した。

私は安心させるように男の子の背中を撫でながら、ゆっくりした口調で尋ねる。

「海で一緒だったお友達と森に行ったの？　そこで、魔物に襲われたのかしら？」

「そ、そ、そう。西の森で……」

「西の森ね。場所を覚えている？」

「おりこうさんね。だったら、私が抱っこしていくから、森まで一緒についてきて、場所を教えてくれる？　魔物なら心配しなくていいからね。すごく強い騎士がいるから、あっという間にやっつけてくれるわ」

「う、う、うん」

安心させるため、にこやかに話しかけると、男の子は少し顔を上げて、私の背後に立っているシリル団長たちを見つめた。

けれど、ぱっと顔を伏せると、諦めたようにつぶやく。

「む、む、無理だよ！　騎士はサザランドの人間を助けないんだ！」

はっとしたように体を強張らせたシリル団長に気付かない振りをすると、私は男の子に向かって話しかけた。

「そうなの？　私は騎士になる時に、『弱い者を絶対に守ります』って約束したの。騎士はみんな、その約束をして、一度した約束は絶対に守るのよ。だから、大丈夫だと思うけどな。……困った時に、騎士に『助けて』って言って、助けてもらえなかったことがある？」

「……い、今まで、騎士に『助けて』って言ったことがないから、分からない」

私は男の子を抱え上げると、同時に自分も立ち上がった。

「そうなのね。でも、今、あなたは『助けて』って言ったから、私はあなたを助けるわ。後ろにいる騎士たちも、あなたの言葉が聞こえたから、一緒にあなたのお友達を助けるわよ」

男の子はじっと私を見つめると、声を出さずにこくりと頷いた。

それを見たシリル団長は、焦れたように手を伸ばしてきた。

「フィーア、よければその子は私が抱いていきましょう。あなたが抱いたまま移動すると、スピードが落ちてしまいます」

けれど、手を伸ばしてきたシリル団長を見た男の子は、「ひっ」と喉の奥で呟くと、ぎゅっと私にしがみついてきた。

それを見て、伸ばしていたシリル団長の手が、だらりと下に落ちる。

すると、今度はカーティス団長が男の子に話しかけてきた。

「こんにちは、私はサザランドを守っている騎士だから、私の顔は見知っているだろう？　ほら、君たちがいつも『水色団長』と呼んでいる騎士だよ」

「あっ……」

カーティス団長をちらりと見上げた男の子は、何かに思い当たったような声を上げた。

カーティス団長は優し気な表情で、男の子に話し続ける。

「お友達は怖い思いをしているから、急いで助けに行った方がいい。私が抱いていった方が早いから、抱き上げてもいいかな？」

男の子は一瞬だけ迷ったけれど、すぐにカーティス団長に向けて両手を差し出した。

……まあ、騎士の中でカーティス団長だけはこの地の住民に受け入れられている、とシリル団長が言っていたけれど、本当ね。

するりと腕の中から抜け出ていって、カーティス団長にしがみついている男の子を見て、そう思う。

周りに集まっていた大人たちは、黙って成り行きを見守っていたけれど、私たちが動き出そうとすると、はっとしたように口を開いた。

「あ、あの、子どもたちは時々森に入るけれど、いつだって入り口付近をうろうろしていて、……入り口付近の魔物ならオレらでも何とかなるから、オレらが行きます！」

「そ、そうです！　オレらで子どもたちは助けます！　騎士さんの手を煩わせる必要はありませんから！」

子どもが魔物に襲われているという緊急事態にもかかわらず、あくまで騎士たちの手を借りたくないという住民たちの言葉だった。

それを聞いたシリル団長は、やるせなそうな表情をしながらも、感情を押さえつけて平坦な声を出す。

「ご協力を申し出ていただき、ありがとうございます。けれど、ここ最近は、大陸中の魔物が常にない動きをしていますので、森の入り口付近であっても強力な魔物が出現する可能性があります」

シリル団長の言葉を聞いて一様に押し黙った住民たちを見回すと、団長は言葉を続けた。

「私は第一騎士団長のシリルと申します。私が間違いなく子どもたちを連れて戻りますので、お任せください」

　すると、シリル団長の言葉にはっとしたように、一部の住民たちがざわつき出した。

「だ、第一騎士団長って、ご領主様じゃあ……」

「サザランド公家の……」

　シリル団長はざわめく住人たちには一切取り合わず、踵を返すと、森へ向かって走り出した。

　カーティス団長も後に続こうとしたけれど、走り出した足を止め、心配そうに顔を寄せ合っている住民たちに声を掛ける。

「私たちは手練れの騎士だから、安心して。ああ、子どもたちが怪我をしていた時のために、聖女様を呼んできてくれるかな？」

　その言葉を聞いた数人の住民が、教会へ向かって走り出す。

　どうやら、カーティス団長は住民たちの心配を取り除くとともに、聖女を呼んでくるという役割を与えることで、仲間意識を植え付けることに成功したようだった。

　……まあ、カーティス団長は人を動かすことに、物すごく長けているかもしれないわ。

　そう思いながら、私は皆に遅れないように街の入り口まで走った。

　運がいいことに、街の入り口に馬を止めていたので、西の森まではすぐだった。

　子どもの足だから森の奥まで入ってはいないだろうという予想は当たり、その場所は森の入り口から5分程度の場所だった。

確かに子どもの足でも入れそうな場所で、普段なら魔物が出ることはないだろう。

けれど、魔物の行動が必ずしも予測の範囲内に限られるわけもなく、実際に子どもたちは魔物と対峙していた。

幸運なことに、子どもたちが魔物に追い詰められていた木の根元には、複数の子どもが入り込めるほどの深い樹洞《じゅどう》があり、その穴の中に上手く入り込んだ子どもたちに、魔物は手を出しあぐねていた。

樹洞の狭い入り口から入り込めないほど大型の魔物であったことも、よい結果をもたらしたようだ。

――――子どもたちに対峙していたのは、3メートル程のトカゲのような形態をした魔物、バジリスクだった。

バジリスクはBランクの魔物で、普段ならば森の奥深くにいる魔物だ。

シリル団長が言うように、魔物の行動範囲がおかしくなっているのかもしれない。

そのバジリスクが2頭もいる。明らかに4人で対峙するには、分が悪い戦いだった。

どうしたものかなと思っていると、シリル団長に声を掛けられた。

「フィーア、あなたはその子どもの守護をお願いします。2頭であれば、3人いれば十分ですので」

まぁ、体よく追い払われましたよ……

そう思ったものの、シリル団長の判断は的確だなと思う。

……ええ、この中では私が抜きんでて弱いし、子どもの守護役は必要ですね。

けど、Bランクの魔物2頭を相手に、3人で十分というのはどうかしら？

バジリスクは強力な毒を吐くし、皮膚は硬い。そして、動きは素早い。

いくらシリル団長が強くて、カーティス団長とファビアンが一緒だとしても、2頭は厳しいのじゃあないだろうか。

そう思っている私の目の前で、シリル団長はしゃらりと剣を抜いた。

その瞬間、空気がきんと引き締まったように感じて、思わず息を詰める。

――――あ、強い！

瞬間的にそう思うほど、剣を握ったシリル団長は、全く異なる生き物に変化したように見えた。

サヴィス総長と戦った時や、フラワーホーンディアと対峙した時など、シリル団長が剣を握ったことは何度か見たことがあったけれど、今の団長の纏う雰囲気は、それらのどの時とも異なっていた。

ああ、シリル団長は状況によって強さが変わるタイプなのね。

私はほっと息を吐くと、隣で心配そうにシリル団長たちを見つめる男の子に話しかけた。

「剣を抜いた騎士が、このサザランドの領主様よ。安心して。あの領主騎士は強くて、必ず私たちを守ってくれるから」

私の言葉を聞いた男の子は、無言でぎゅっと私の手を握りしめてきた。

私は同じように男の子の手をぎゅっと握りしめると、魔物たちから十分な距離を取れる位置まで移動した。

バジリスクはとても素早い。

誤って男の子が攻撃対象になってしまったら大変なので、シリル団長たちを間に挟んで、バジリスクの反対側にくるように位置する。

……ええと、これは戦術的な行動ですよ？

シリル団長たちを盾にしているように見えるかもしれませんが、戦術です。

正しい位置を確保して立ち止まると、男の子はぎゅっとしがみつくかのように、私の腰に手を回してきた。

怖いのだろうな。そう思い、しがみつかれた手をぽんぽんと、安心させるようにゆっくりと叩く。

男の子が顔を上げて私を見つめてきたので、にこりと笑いかけると、男の子の手を私の腰から外し、利き手と反対の手でぎゅっと握った。

いつでも参戦できるように、すぐに動けて、すぐに剣を抜ける体勢を確保する。

握った男の子の手がぶるぶると震えていたので、落ち着かせるために握っていない方の手でぽんぽんと男の子の手を叩き続ける。

そうしながらも、視線は至近距離で魔物と相対しているシリル団長、カーティス団長、ファビアンに向かう。

大丈夫だろうかと心配だったのだけれど、3人の騎士は、遠目にも非常に冷静に見えた。

……さすが、有能な騎士たちだわ。

普通に考えたら、30人の騎士が必要なBランクの魔物が2頭もいるなんて、完全に頭数が足りていないのだけれど、それでも平常通りでいられるなんて大したものだと思う。

――3人の騎士は、バジリスクに10メートル程の距離をとった位置で相対していた。

左側に位置するシリル団長は、白銀色に輝く剣を軽く握りしめた感じで立っており、2頭の魔物から視線をはずすことなく2人に指示を出した。

「カーティス、ファビアン、右のバジリスクを足止めしてください」

比較的小さい方のバジリスクをカーティス団長とファビアンに任せると、シリル団長は左側のバジリスクを見つめた。

静かな時間が流れる。

けれど、それは背中を汗が滴《したた》り落ちるような、緊張を孕んだ時間だった。

――バジリスクは非常に攻撃的で、視界に獲物が入った途端、即座に攻撃し出す性質を持つ。

それなのに、動くことなく鎮座しているなんて、尋常ではない。

手あたり次第に攻撃するこの魔物がタイミングをうかがっているのだとしたら、この個体は優秀に違いない。

さらに、シリル団長の強さを感じ取って動けないのだとしたら、この個体は恐ろしく慎重なのだろう。

なぜなら、シリル団長は凪《な》いだ風のように静かに見えた。

殺気も威圧感も零れ落ちることなく、一見しただけではその強さは感じられない。

……ああ、けれど、この全く強そうに見えないっていうのが、最も強い形なのよね。

バジリスクは猛毒を吐くから、むやみに近付いていかないのは正しいと思う。

そして、連続では毒を吐けないので、一度毒を吐いたタイミングで距離を詰めるのが、最も効果的な戦い方だろう。

じりじりとした時間が流れたけれど、先に我慢ができなくなったのはバジリスクの方だった。

たった2歩で5メートルの距離を詰めると同時に、口から毒液を吐き出す。

その液はすごい速さで一直線に飛び出すと、逸れることなくシリル団長の目を狙ってきた。

バジリスクが口を開いたと思った時には、既に毒液が吐き出されていたので、事前に予測していなければ避けられないと思う。のに、どういうわけか、シリル団長は軽く頭を傾けることで、確実に毒液を避けていた。

「すごい……」

思わず言葉が零れる。

感嘆して見ていると、シリル団長は一気に距離を詰め、開いている口の中に真っすぐ剣を突き入れた。

やわらかい口の中に、ずぶりと剣が沈み込む。

シリル団長は素早くバジリスクの口から剣を抜き去ると、あまりの痛みに思わず後ろ足で立ち上がったバジリスクの左胸に向けて、垂直に剣を刺した。

バジリスクの体は硬い鱗で覆われているというのに、ずぶずぶと剣が埋まっていく。

速度と角度がいいのだろうか？

加えているであろう力では考えられないほどの深さまで、剣がバジリスクに刺さっている。

というか、この深さは……

シリル団長が無表情で剣を引き抜くと同時に鮮血が飛び散り、バジリスクが地面に倒れ込んだ。

うん、あの深さは致命傷ですね。

シリル団長は剣についた血を払うこともせず、また、倒れ込んだバジリスクのことをそれ以上気にすることもなく、残ったもう1頭の魔物の方へ向き直った。

2頭目のバジリスクは、カーティス団長とファビアンが対峙していたおかげで、初めの場所から動かずに済んでいた。

シリル団長が何事かを口の中でつぶやくと、風の刃がバジリスクを切り裂いた。

「え!?」

突然のことに驚いたのは私だけではなかったようで、バジリスクが一歩後ろに下がる。

けれど、シリル団長はバジリスクが下がると同時に同じ距離を詰め、さらに数歩詰め寄ると、魔物の片目に真っすぐ剣を突き入れた。

「ギャギャギャヤヤヤ！」

絶叫しながら威嚇のため後ろ足で立ち上がったバジリスクの左胸に、シリル団長は1頭目と同様に垂直に剣を突き入れると、引き抜いた。

バジリスクの血しぶきが飛び散り、その血が地面に落ちるよりも早く、バジリスク自身が地面に倒れ込む。

シリル団長は剣を振ることで血を払い落とした後、無言で剣を鞘に戻した。

……え、お、終わった？

私はシリル団長のあまりの強さに、ぽかんとして団長を見つめていた。

「い、いたい、いたい！　手がいたいよう！」

シリル団長の戦闘中、男の子の手を必死に握りしめていたようで、男の子から苦痛の声が上がる。

けれど、私はその声に応えることもできず、ただ驚いたように、シリル団長を見つめていた。

……え、ええと。

シ、シリル団長？　ちょっとよろしいでしょうか？

普通はあんな風に、バジリスクには近づけませんよね？

バジリスクは確実に目を狙ってくるから、そしてその狙撃の腕は確実だから、魔導士の助力なしに近付くことは困難ですよね？

そして、あの硬い鱗は、剣を通しませんよね？

全く発揮する機会がなかったけれど、バジリスクの腕力も咬合力も物すごいから、並の騎士では吹き飛ばされたり、体の一部を引きちぎられたりしますよね？

……だから、本来なら、バジリスクはすごく強い魔物で、決して一人で倒せるような魔物ではないのに。

それなのにシリル団長の腕がよすぎて、最短の手順で倒したものだから、一見するとバジリスクの討伐がすごく簡単なものに見えてしまうという。

うわー、達人の弊害ね。

強すぎて、綺麗に倒しすぎるものだから、魔物の強さが伝わらないなんて。

けれど、今日は子どもたちが一緒だったので、その弊害が役に立ったのだと思う。

うんうん、こんな小さなうちから必要以上の恐怖を覚え込む必要なんてないものね。

というか、シリル団長って風魔法が使えたのね。知らなかった……

私は男の子と手をつないだまま、残りの子どもたちが隠れている木の樹洞に向かって歩いて行った。

途中で、バジリスクの死亡を確認していたファビアンに「お疲れ様」と声を掛けると、「疲れる暇もなかったよ」と返された。

ああ、うん、その通りだわね。これも、シリル団長と組んだ弊害ね。

穴の隙間から一部始終を覗いていたであろう子どもたちは、声を掛けると、おずおずと穴の外に出てきた。

そして、こわごわと倒れている魔物に視線を送る。

「大丈夫ですよ。もう起き上がることはありません」

シリル団長が安心させるように話しかけると、子どもたちは無言のまま小さくうなずいた。

未だ緊張が取れていないようで、硬直している子どもたちだったけれど、よく見ると、手に小さな黄色い花を握りしめていた。

「……フリフリ草？　フリフリ草って、解熱の効果がある薬草だったわよね。誰か病気なの？」

不思議に思って尋ねると、子どもたちははっとしたように顔を上げた。

「「い、いないよ！　誰も病気なんかじゃあ、ないよ！」」

子どもたちは一斉に否定すると、フリフリ草を摑んでいる方の手を背中に隠して下を向く。

子どもらしい、分かりやすい嘘だ。

「まるでフィーア並みですね」とシリル団長がつぶやいていたが、私は聞こえない振りをした。

……お言葉ですが、私は根が正直なんですよ。だから、基本的に嘘はつきません。

ただ、空気を読んで、真実ではないことを口にしなければいけない場合は、きちんとそれが真実に見えるような言い方をします。こんな子どもの嘘と同一視されるのは心外です。

そう心の中で独り言ちながら、丁寧に子どもたちを一人一人見て回ったけれど、怪我をしている者は誰もいなかった。

その上、腰が抜けたり、身が竦んだりしている子どももおらず、全員が自分の足で歩けるようだった。

「子どもって、元気ですねー」と言いながら、右手と左手でそれぞれ違う子どもの手を握る。

すると、3人目の小さな女の子が、私のお腹辺りの服を摑んできた。3つ目の手はないので、どうしたものかなーとシリル団長を見上げる。

団長はおずおずとした様子で身をかがめると、女の子に話しかけた。

「疲れましたか？　よければ、私が抱いていきましょうか？」

女の子はちらりと団長を見ると、こわごわとした声を上げた。

「わたし、疲れたから、もう歩けないの。でも、騎士はとっても怖いから、近寄ったらいけないのよ」

「私は怖くはありませんよ。大きな声は出さないし、怒ったりしません」

「……水たまりで転んでも、怒らない？」

「私が抱えていたら水たまりは飛び越えますので、水たまりに落ちることはありません。だから、誰からも怒られませんし、私も怒りませんよ」

女の子は少しだけ迷っていたけれど、思い切ったように私の服から手を離すと、シリル団長に向けて手を伸ばした。

その時のふわりと浮かんだシリル団長の笑顔を見て、よかったなと思う。

シリル団長は勇敢で、住民のために親身になれる優しい騎士だ。

ほら、こんな風に団長のことを知ったら、住民たちが団長を拒絶することはなくなるというのに。

シリル団長が片腕に乗せるような形で抱き上げると、女の子は視線が高くなって嬉しかったようで、歓声を上げた。それから、生来よく話すタイプなのか、目につくものを一つ一つ団長に教え始めた。

「あの黄色い実はね、とっても美味しいの。でもね、鳥が食べてしまうから、まだ緑のうちに取らないといけないのよ。……あと、その大きな木はねぇ……」

あらあら、予想以上に好感触だわ。

シリル団長の丁寧な立ち居振る舞いは、小さな子供にも効くのねと思いながら、ほほえましく思って見ていると、すぐに森の入り口に到着した。

◇　◇　◇

森の入り口付近では、住民たちが心配そうに森の中を覗き込んでいた。

子どもたちの姿を見ると、嬉しそうにわっと歓声が上がり、幾人かはこちらへ走ってきた。

子どもたちも知っている姿を見かけたのか、私の手を振り切って駆け出していった。

シリル団長は抱えていた女の子を地面に下ろそうとしたけれど、それよりも早く、住民の一人が団長のもとに近寄ってくると、団長の腕の中から女の子を奪い返した。

「か、返してください！　うちの子に触らないで！」

乱暴にシリル団長の腕から奪われた女の子は驚いたようで、抱え直された母親らしき女性に抱きついて泣き始める。

「ああ、怖かったのね？　大丈夫よ！　もう、母さんがいるからね」

必死で女の子を抱きしめる母親をちらりと見ると、カーティス団長は皆に聞こえるような声で報告し始めた。

「ここから5分程度の場所に、バジリスクが2頭出現した！　騎士団で討伐し、既に安全は確保されている！　子どもたちは全員、怪我一つない！　聖女様を呼びに行かれた方には、その旨を伝えてくれ」

バジリスクの恐怖は、住民なら誰でも理解しているはずだ。

子どもなんてひと飲みにするし、大人だって、数十人単位の騎士でやっと討伐できるくらいだ。

だから、カーティス団長の発言を聞いた住民たちは、安堵の声を上げるかと思ったのだけれど、どういうわけか不審気な声が発せられる。

「バ、バジリスクだって？　なんで、そんな凶悪な魔物が、森の入り口付近に出るんだ？」

「も、森の神様が怒っているんじゃないのか？　どちらにしろ、あれだろ？　そんな凶悪な魔物が森の入り口に出るなんて、森の管理ができていないと、領主様から罰をくらうんだろう？」

皆から責められるような視線を向けられたシリル団長は、驚いたようにびくりと身体を硬直させた。

何か言いたげに口を開いたけれど、団長が声を発するよりも早く、周りの住人たちが言葉を続ける。

「それで？　騎士のあんたたちは、今度は何を言い出すつもりだ？　バジリスクなんかと対峙させるなんて、自分たちの身を危険にさらさせたと、オレらを罰するのか!?」

「あんたたちは10年前から変わっていない！　ただ、あんたたちが『怪しい』と発言しただけで、後ろの公爵様はオレたちを殺しにかかるのだろうよ!!」

言われた瞬間、シリル団長は目を見開くと、何かを訴えるかのように口を開いた。

「……私は、理不尽に誰かを傷つけることは、ありません」

けれど、出てきたのはかすれた声で、興奮している住民たちに聞き取れる大きさではなかった。

シリル団長の小さな声を聞きとったカーティス団長は、焦れたかのようにシリル団長の言葉を大声で繰り返した。

「サザランド公爵が理不尽に誰かを傷つけることなどない！　それに、凶悪な魔物と対峙するのは、騎士として覚悟しているリスクだ！　そのことを誰かのせいにすることなど、あるはずがない！

私がこの地の騎士団長となってから、サザランド公爵が住民たちに理不尽な処遇を行ったことなど一度もない！　君たちは、何をもってサザランド公爵を糾弾するのか？」

「10年前に理不尽な行動を起こしたのは、あんたたちじゃないか！　オレたちは３００年前に、『誰とも争わない』と約束した。だから、10年前の事案に対しても、決して立ち向かわなかった。だが、だからといって、納得しているわけではない!!」

10年前の事件についての詳細は不明だけれど、住民の多くが殺されたのは事実だ。飲み込めない色々な思いが残っていたとしても、不思議ではない。

そんな気持ちを感じ取ったのか、シリル団長はさらに言い募ろうとしたカーティス団長を片手で制すると、住民たちを見回しながら静かな声で言葉を紡いだ。

「騒がせてしまって、失礼しました。子どもたちが無事でよかったですね」

領主というのは、その地の権力の頂点だ。

無礼な口をきいた住民たちは、大なり小なり罰せられるのではないかとびくびくしていたが、シリル団長の想定外な優しい発言に、一瞬押し黙った。

住民たちが糾弾したのは、シリル団長の父親である前公爵だ。

『鬼籍に入っている者に口さがない物言いをするな』だとか、あるいは今日のことに対して、『子どもたちを救った騎士に対して無礼な態度を取るな』だとか、幾らでも言い分はあるというのに、団長は全ての反論を飲み込んでしまった。

公爵なんて絶対権力だから、シリル団長が一言つぶやくだけで、多くの人間が捕らえられ、罰せられるだろう。

――そして、それは負の連鎖となる。

シリル団長は大きいな。

だからこそ、一人で何もかもを飲み込んでしまう。

自分が持っている力の大きさを知っているからこそ、使い方に気を付ける。

シリル団長の優しい発言に驚き、毒気を抜かれたように黙り込んだ住民たちに、私は大声で言ってやりたい気分だった。

『ねぇ、ほら、よく見てください！』

『とっても優しくて、思いやりのある領主様ですよ!!』

けれど、こういった事実は相手方から――しかも、騎士団の一味から言われても、反発するだけだろう。

自分たちで気付かない限りは、受け入れないのだ。

じれじれとした私の胸の内など気付かずに、シリル団長は突然押し黙った住民たちに軽く頷くと、踵を返してその場を後にした。私たちも軽く住民たちに頭を下げると、シリル団長の後に続く。

領主館までの帰り道、シリル団長は何事かを考え込んでいるかのようで、一言も口を開かなかった。

カーティス団長も気を使っているのか沈黙を保つものだから、とても静かな帰路となった。

夕食は大広間に集まって食べたのだけれど、遠目からもシリル団長は元気がないように見えた。

10年前の団長は10代で、領主でもなかったというのに、住民たちの不満を真正面から受け止めて考え込むところが、団長らしいなと思う。

シリル団長が気にはなったものの、それ以上話すきっかけもなく、就寝時間となった。

今日は色々あったのでぐっすり眠れるはずという私の目論見は外れ、どういうわけか、夜中にぱちりと目が覚めた。ぐっすり眠る私からしたら、非常に珍しいことだ。

喉が渇いたなーと思い、厨房を探してぺたぺたと廊下を歩く。

すると、階段を上ってきたシリル団長と遭遇した。

よく見ると、団長は両腕に何本ものお酒の瓶を抱えていた。

どうやら、地下貯蔵庫から失敬してきたようだ。

「夜中に深酒ですか?」

シリル団長が抱えた瓶の多さに呆れながら尋ねると、団長は困ったように微笑んだ。

「この時期は毎年、あまりよく眠れなくて……。悪いと分かっていながら、お酒の力を借りるのですよ。ただ、私は体質的に酔わないようなので、あまり効果はありませんが」

それから、ちょっと言いにくそうに口ごもった後、もしよければという感じで話を続けた。

「こんな夜更けに申し出るのは非常識であることは理解しているのですが、あなたも眠れないようであれば、1杯付き合ってもらえませんか？　サザランド特有の果実を使ったお酒も豊富にありますよ」

「え、で、では1杯お付き合いします」

私は一も二もなく頷いた。

サザランドにしかない果実は多い。そして、どれもがすごく甘くて美味しい。

これらをお酒にしたらどんな味になるのだろう、とは誰だって確認したいことだろう。もちろん私も。

シリル団長の後について歩いていくと、大きな扉を通って私室らしき部屋に入った。

どうやら執務室のようで、広い部屋の片側はびっしりと難しそうな本で埋まっていて、執務机の上には一枚の書類もなかった。

うんうん、この難しそうで整理された部屋。一目でわかります、これはシリル団長の部屋ですね。

さらに奥に続く扉を開けると、居間と思《おぼ》しき部屋が現れた。こちらの部屋は、壁の一面に置かれたキャビネットの中に、綺麗に酒瓶が並べてあった。

しかし、よく見ると、並べられているのは可愛らしい色や形をした果実酒と思われる瓶ばかりで、それ以外のお酒は見当たらない。床に何本もの空瓶が並べてあるので、シリル団長が飲んでしまったのだろう。

相変わらず酒豪だな……と思いながら、勧められる席に着く。

さりげなく座る椅子を引いてくれたり、夜半に2人きりということを誤解されないように、廊下に続く扉を薄く開けたりするところが、シリル団長の紳士たる所以だと思う。

私は綺麗なカットが施されたグラスを受け取ると、勧められるままお酒を口に含む。

それは、この地域特産の黄色い果実を漬けて作ったお酒だという説明だったけど、すごく甘くて美味しい。

「ああ、美味しいです……」

私はうっとりとつぶやきながら、味を確認する。

シリル団長は「それはよかったですね」と言いながら、自分のグラスに注がれた強そうなお酒を一気に煽った。

改めて見ると、シリル団長はシャツにトラウザーズという姿だった。私のように完全な部屋着ではなく、一度もベッドに潜り込んだようには見えない。

「まだ、全然眠っていなかったんですか？」

私同様に眠っていた途中で目が覚めたのかなと思っていたのだけど、そんな感じでもないようだ。

「……眠れる気がしなくて。この時期は駄目なのですよ」

シリル団長は困ったような表情で、返事をした。その言葉を聞いた私は、はっとする。

――――ああ、そうだった。

「サザランドの嘆き」が起こった時期ということは、シリル団長のご両親の命日でもあるのだ。

今日、住民たちから投げつけられた言葉に加えて、シリル団長にはご両親の死を悼《いた》むという痛みもあったのだと、改めて思い出された。

きっと、まだご両親を失くされた悲しみが癒えていないのだろう。

故郷に帰ってきて、見慣れた景色を見ることで、蘇る思いがあるのかもしれない。

10年間というのは、大事な方を失くされた悲しみを癒すには、短いに違いない。

「シリル団長のお母様は、どのような方だったのですか?」

聞いてもいいのかなと思いながらも、胸に沈殿している気持ちを吐き出すことで、楽になることを知っている私は、思い切って尋ねてみる。

少なくとも、住民からの糾弾話を持ち出すよりは、話題がいいだろう。

ご両親の両方について尋ねてみても良かったのだけれど、なんとなく母親の方が親し気で、話しやすいのかなと思われたため、お母様に限定して尋ねてみる。

シリル団長は数瞬、考えるかのように私の顔を見つめた後、私の赤い髪に視線を移した。

「……そうですね。母は美しい人でしたよ。あなたと同じように、大聖女様と同じ赤い髪を持った、美しい聖女でした」

――シリル団長は深く椅子に座り込むと、グラスを握り込み、お母様についてぽつりぽつりと話し始めた。

【ＳＩＤＥ】第一騎士団長シリル

母は美しい人だった。
――伝説の大聖女と同じ赤い髪を持った、それはそれは美しい人だった。
筆頭公爵家の嫡男である私の、その母であった者。
つまり、母は最上位の公爵家の妻にと選ばれるほど、高位の聖女だった。
生まれ出た時から、私には王位継承権が設定されていた。
そのため、幼い頃より多くの師が付き、様々な事柄を習得する機会を与えられた。
最も力を入れられたのは、聖女に関する学習だった。
王家は、そして貴族は聖女を守るために存在すると、幼い頃より繰り返し教育された。
聖女は国の礎《いしずえ》であり、彼女たちを守ることで国が成り立つと教えられた。
聖女の学習の中で最も時間を割かれたのは、３００年前の大聖女についてだ。
魔王を封じることに成功した、唯一の大聖女。
誰も成しえなかった偉業を達成した、美しく尊い大聖女。

その髪色は暁と同じ赤い色をしており、瞳は豊穣の象徴である麦の穂と同じ金であったと伝えられていた。

多くの上級貴族の家と同様、私の家にも大聖女の肖像画が飾られていた。

肖像画の中で、真っ赤な髪をなびかせ、金の瞳で挑むように見つめてくる大聖女は、本当に美しかった。

だから……私の母が、大聖女と同じく赤い髪を持った美しい人であることが、とても誇らしかった。

多くの上級貴族がそうであるように、私は乳母に育てられた。

幼い私は両親と食事を共にすることなど許されず、母とは滅多に顔を合わせない生活だった。

時々、偶然に廊下や庭先で母とすれ違うことがあったけれど、母は私が見えていないかのように通り過ぎていくだけだった。

だからそんな時は必ず、見えなくなるまで母の後ろ姿を見つめ、その髪の赤さと美しさを目に焼き付けた。

5歳の誕生日に、初めて両親がそろう晩餐に同席を許された。

誕生日の祝いの品についての希望を聞かれた私は、無邪気に弟がほしいと答えた。

同い年ということで親交があったサヴィス第二王子が、第一王子と仲睦まじく話をしている情景に憧れがあったからだ。

しかし、私の言葉を聞いた母は、不愉快そうに眉を上げた。

「馬鹿げたことを」

そう母は言った。

「たかだか公爵家でしかないサザランド家のために、私はシリル、お前を産んだ。王族でもあるまいし、なぜスペアが必要なのか。お前に何かあったならば、これっぽっちの公爵家など潰れてしまえばいい」

それから母はナプキンで口元を拭うと、乱暴にテーブルの上に投げ捨てた。

「お前たち一族は、聖女を使い捨てている。王の血族に嫁いだならば、男児しか生まれてこない。私のこの赤い髪は誰にも継がれることなく、滅していくだけだ。シリル、お前を見ろ。その汚らしいグレーの髪を。何一つ、私から引き継げていない。お前が兄弟を望んだとして、次に生まれてくるのも汚らしい髪色をした男児だ。そんなものが必要か？」

母と挨拶以上の会話をしたのは、この時が初めてだった。

だから、この時まで私は母に愛されていると、母は美しく優しい人だと信じていた。

その母からの、突然の攻撃とも言えるような言葉の数々に、私は返事をすることもできず呆然としていた。

母はそんな私を、下劣なものを見る目つきで見つめた。

「返事もできぬのか。やはり、公爵家程度では教育も満足に施されていないな。ああ、なぜ私はお前の母などにならなければならなかったのか！　そもそも、私は誰よりも力が強い聖女だ。私こそが国王の妃になるべきだったものを！」

言い捨てると、母は席を立ち、晩餐室から出て行った。

テーブルの上には、手つかずの料理が山のように残っていた。

この時の私は何が起こったのか上手く把握できておらず、けれど自分の失言によって母を怒らせたことは分かっていたので、縋るように父を見つめた。

父は無表情に私を見つめると、口を開いた。

「シリル、お前の失言だ。後で、謝罪をしておくように。それから、せめて常識知らずと思われるような発言をすることがない程度には学べ」

私は恥ずかしくなって、俯くことしかできなかった。

自分がとても恥ずかしかった。

そうか。私は学習が足りておらず、常識すら身についていなかったのか。

そんなことにも気付かず、「何と聡《さと》いお子様でしょうか」「5歳でこれほどの受け答えができるお子様など、見たことがありません」などといった師たちの言葉を信じていた自分が、心底恥ずかしかった。

あれは、公爵家嫡男に与えられた追従《ついしょう》だったというのに。

……結局、母からは面会の許可を得られず、謝罪をすることはできなかった。

その日の夜、執事が私を訪ねてきて申し訳なさそうに謝罪した。

「申し訳ありません、私の落ち度です。まだ早いと勝手に判断し、国王陛下とサザランド公爵閣下、それから聖女様方のご関係について、ご説明をしていませんでした」

有能な執事だったので、説明が遅れたことには理由があり、それはきっと私に説明し難かったのだろうと推測できた。

執事は説明してくれた。

誰もが知っている事実と公爵家だけが知っている事実、そして、そこから推測される母の感情を。

――――一度も公にされたことはないけれど、母は当代一力の強い聖女だと執事は説明した。

つまり、素直に考えれば、王の妃になるべき者だったと。

ただし、王族とその血族の男性は、30歳になる前に婚姻を結ばなければならないという不文律がある。

対する聖女は、17歳にならないと結婚できない。

このため、当時15歳であった母は、28歳であった国王の妃には、どうしてもなりえなかった。

母が17歳になるまで待ったとしても、国王は30歳になってしまう。

だから、教会と王の忠臣たちは、母に次ぐ力を持った聖女を国王の妃に推した。

次席の能力を持つ聖女は、母の姉だった。

国王の妃は最も力の強い聖女でなければならないと、国王の威光を守ることに腐心する忠臣たちは、母に第2位の聖女としての席次を付けた。

代わりに母の姉が筆頭聖女に選ばれ、国王の妃となった。

そのことはプライドが高く、実力も伴っていた母には耐えられない所業であった。

国王以外の王族は王弟であった父一人しかおらず、その王弟の妻となり、この国で2番目に高位の夫人となった事実も、母にとっては何の慰めにもならなかった。

母はただの一度も、筆頭公爵の妻であることに誇りを持ったことはなかったし、自分が不当に低く評価され続けていることに不満を持ち続けていた。

そして父は、そんな母に対して引け目があった。

王族であった父は、私よりも厳しく聖女について教えられていた。

誰よりも何よりも尊く、丁重に扱わなければならないと教わってきた聖女。

その聖女の中で最も力が強く、至尊として崇めるべき者を、王の妃とするでもなく自分の隣に留め置いている事実に、父は引け目を感じ、心を痛めていた。

母にとって父は夫ではなく、彼女を守る盾との認識で、父もそんな母の考えを受け入れていた。

――――執事は私に、そう説明してくれた。

話を聞き終わった私は、自分はいかに物が見えていなかったのかと恥じ入った。

母を母として扱ってはいけなかったのだ。

彼女は聖女様であり、私が敬い仕える存在だったのだ。

たまたま私を産んでくれはしたけれど、それは母にとって意味のないことであり、母と子であるという関係に縋ったり、示したりしてはいけなかったのだ。

自分たちの関係を正しく把握したそれからの私は、我が家に住まわれる聖女様に対して、礼節を持って接することに腐心した。

決して礼儀正しい態度を崩さないよう、丁寧な口調を保つよう細心の注意を払った。

その努力もあってか、あの日以降、母が私に対して激昂することはなかった。

その事実に、私は聖女様のお心を平安に保てていると、安心することができた。

ただ、感情というものはままならないもので、仲睦まじい母子の姿を見た時や、ただ何てことない会話を交わしている母子の姿を目にした時、心が軋むことがあった。

けれど、それも繰り返すことで慣れていった。

最も力のある聖女様が、私の家に住まわれているのだ。

これ以上、何を望むことがあるというのだろう。

◇　◇　◇

10歳になった頃、私は王都と領地を行き来する生活を始めた。

その頃には、父が持っている爵位の一つである伯爵位を名乗ることが許されていたので、王城へ登城することにも不都合はなかった。

母は王都が嫌いなようで、領地で生活をしていた。

きっと、母が王妃となっていれば手に入れていたはずの多くの物を、王都で目にすることに耐えられなかったのだろう。

私は定期的に母の元を訪れ、不足する物はないかと尋ねたが、多くの場合は返事を返してもらうことすらできなかった。

母は母に話しかける私には視線もくれずに、お茶を飲み続けたり、庭先の花を見続けたりと、私をいないものとして扱った。

また、母はとても聖女らしい聖女だった。

つまり、気位が高く、自分の望みを常に優先し、引くことを知らない。

誰よりも何よりも自分が高位だと信じており、この上なく丁重に扱われることを望んだ。

そのため、母はこの地の民を忌み嫌った。

この地の民の大多数は、離島出身者で構成されている。

離島の民は外見に特徴があり、一目で離島出身だと見分けることができたが、その差異を母は拒絶した。

離島の民特有の褐色の肌に紺碧の髪を汚らしいと蔑み、長年の海での生活によって水かき付きに進化した手を呪われていると罵った。

母には王都から呼び寄せた、貴族出身の侍女や侍従が多くいたが、常に彼らとサザランドの民を比較しては、民たちの不調法さと品のなさを嘲笑った。

元々内地に住んでいた人間こそを至上と考える母にとって、外見が異なる離島の民が自分の周りにいること自体が、侮辱されたと感じるようだった。

一方、幸か不幸か、この地の聖女様方は、聖女様らしからぬ方々ばかりだった。

この地の聖女様の多くは離島出身者であり、同族の民たちを癒すことに衷心《ちゅうしん》した結果かもしれないが、聖女様たちは傲慢でもなければ自分勝手でもなかった。

ただ、残念なことに聖女としての力は弱い方々が多く、母の力の方が何倍も強力だった。

そのため、大怪我や大病が出る度に、母の元へ助けを求めて住民たちが駆け付けたが、母はただの一度も彼らを治癒することはなかった。

幼い娘が火傷を負ったので助けてくれと駆けつけた娘の父親には、「ああ、相変わらずの離島の民特有の訛りの酷さよ！　何を言っているのか、聞き取ることもできやしない」と言って、父親の話を途中で遮り、追い返した。

年老いた父が魔物に襲われたと、血だらけの老父を背負ってきた壮年の男性には、会うこともなく「忙しい」と執事に返事をさせ、自分は庭で花を愛でながら、紅茶を飲み続けていた。

それでも彼女は当代一の力を持った聖女で、時々気まぐれのように人々を治しては、跪いて感謝されていた。

けれど、治癒された人の多くは遠方から母を訪ねてきた貴族であり、一人として離島出身者は含まれていなかった。

不思議なことに、これだけ粗雑に扱われながらも、住民たちは母を敬っていた。

貴族ならば、幼い頃からの教育で、聖女は絶対的存在だと教わっているだろうが、住民たちはそこまで深い教えは受けていないはずだ。

何が彼らをここまで、聖女に傾倒させているのだろうか？

この地は元々、大聖女信仰が強い土地ではあったけれど、ここまで母の傍若無人さを受け入れる住民たちが不思議だった。

けれど、その住民たちの母への無償の敬愛も、終わりを迎える。

――発端は、1本の木だった。

公爵家の玄関前には広い庭が広がっているが、その真ん中に樹齢３００年の大木が植わっていた。

樹高は30メートルにも達しており、青々と生い茂る枝は縦横無尽に伸びていた。

正面から入ってきた客人はまず、この木に視線を奪われる。

そもそも公爵家はこの木に遮られて、門扉からは建物の一部しか見えなかった。

この公爵家の庭を占領する大木は、大聖女を記念して植樹されたものだった。

３００年前にこの地を訪れた大聖女が若木の枝を手折り、この地の民とともに自ら植えたという。

それが、公爵家の目印となるくらいに、大きく育っていた。

この地では年に一度、大聖女の訪問を記念した祭りが開かれる。

その際に公爵家の庭を開放しているが、村人たちはこの木を中心にイベントを行う。

木の前で踊りを捧げ、1年の無事に対する感謝の言葉を述べるのだ。

母はそのことについて、特段の興味を示したことはなかったけれど、ある時、住民たちが大事にするこの木が、大聖女由来のものだということを知ってしまう。

母にとって、自分よりも優れていると言われる大聖女由来のものを、住民たちが大事にするという事実は、我慢ならないことだった。

母はすぐさまその木を切り倒させると、その幹で庭に設置するテーブルと椅子を作らせた。

そして、そのテーブルと椅子を使ってお茶を楽しむことで、留飲を下げた。

母にとってはなんてことない1本の木だったけれど、住民たちにとっては大聖女の象徴だった。

母によってその木が切り倒されたことを知った住民たちは、あからさまに母を避けるようになった。

母が外出した際には、住民たちは蜘蛛の子を散らしたようにさっと姿を隠し出し、母の元を訪れる治癒希望者もいなくなった。

けれど、そのことが母には不満のようだった。

強力な聖女の存在自体が尊ばれるものであり、誰もかれもが彼女に跪いて崇めたてまつるべきだというのが母の理論だった。

不満を募らせた母は、ますます住民たちに当たるようになった。

離島出身というだけで、罵られ馬鹿にされる住民たち。

その頃には、母と住民たちの亀裂は決定的になっていた。

——そして、あの事故だ。

その日、母は珍しい薬草を求めて岬へ来ていた。

海に面した切り立った崖の上で、母は住民たちに指図をしていた。

「その草ではない！　もっと下まで降りないか。お前の足元にある草だ、それを摘め」

崖の縁ぎりぎりに立って見下ろしながら、岩壁に張り付いて薬草を摘む住人に直接指図をする母の腕に、住人の一人が手を掛けた。

「公爵夫人、そのように身を乗り出されたら危のうございます。後ろにお下がり……」

しかし、その住民は最後まで言葉を続けることができなかった。

母が摑まれた手を、ばしりと叩き落としたからだ。

「下賤の者が私に触れるな！　ああ、なんと汚らわしい！　よいか、私とお前たちでは、天と地ほどに身分が異なる！　お前たちから私に話しかけてはならぬ！　触れるなどもっての外だ！　いかなる理由があっても、いかなる状況であっても、お前たちのような下賤の者が私に触れるなど、あってはならないことなのだ！　次に繰り返せば、その手を切り落とし、お前の親兄弟から子や孫に至るまで厳罰に処すぞ！　分かったら私から離れろ！」

そして、その直後に強風に煽られて足を踏み外し、崖から落下したのだ。

煌《きら》びやかなドレスを身に着けた母は、ドレスの重さからか、そのまま浮かび上がってこなかったという。

母に同行していた侍従や騎士たちが慌てて海に飛び込んだが、潮の流れが速く、前日の雨で濁った深い海では、母の姿を見つけることができなかった。

たまたまその場を通りかかった父が見たのは、激しい波に揉まれながら自分の妻を探す騎士や侍従たちと、崖の上で立ち尽くす住民たちだった。

騎士たちは海から上がってくると、「公爵夫人を海の中で見失った」と父に報告した。

父は思わず、報告した騎士を殴り倒したという。

「天からお預かりした聖女様を、お前たちはみすみす溺れさせたのか!!」

それから父は、崖の上から海を眺めたという。

視界一杯に広がる海は、濁った箇所はあるものの、どこまでも青いだけで、ドレスの切れ端も人影の一つも見えなかった。

公爵夫人の生が絶望的であることは、誰の目にも明らかだった。

父はふらふらと振り返ると、腰に差していた剣を抜き、その場にいた住民たちに切りかかった。

「お前たちはなぜ誰も、聖女様を助けに入らなかった！　国の礎たる、王国の次席聖女様であらせられるぞ！　何たる不作為か！　ここにいるお前たちと、その一族全ての命で聖女様に償え!!」

そうして、父は騎士に住民たちの討伐を命じた。

これにより、２日間に渡る、騎士と住民たちの争いが始まった。

不運にも、父はその争いの中で命を落とし、けれど父の死がきっかけとなり抗争は終結した。

◇　◇　◇

「……あのいびつな夫婦の形は、見た者しか理解できないでしょう。父はずっと、母に引け目を感じていました。我が国随一の聖女様を正しく評価できていないと、心を痛めていたのです」

私はそう言葉を結んだ。

話をしたことで、閉じ込めていた記憶と感情が蘇り、濁った澱のように心の中に降り積もる。

「私はその場にいなかったため、あくまで聞き取った範囲での判断ですが、あの事件に関しては、父と母に原因があったと思っています。ただ、そう思ってはいても、国の裁定が出た以上、私が口を差し挟むことはできません。悪いと思っても、謝罪することもできないのです。私の身分と立場が、私の行動を制限する……」

思わず心の内を零すと、フィーアはこてりと首を傾げた。

「おっしゃる通りですね。団長が謝罪をすると、前公爵の命を受けて住民を討伐した騎士たちにまで、罪が及ぶことになります。現在は両成敗という形で裁定が下り、どちら側にも更なる罰は与えられていませんから、このまま受け入れることで最小限の被害で済みますね」

「…………」

フィーアは鋭い。基本的に抜けているし、とぼけているが、肝心な時には物事の本質を掴んでいる。

私が沈黙を保っていると、フィーアは何とも言い難い表情で唇を噛みしめた。

「……悲しい話です。多分、何か一つが正されていたら、起こらなかった事件じゃないでしょうか」

フィーアはぽつりと呟くと、自分の広げた両手を見つめた。

「私は聖女様というのは、職業の一つだと思っています」

「……職業の一つですか？　聖女様が？」

思ってもいない発言を聞いて、私は心から驚いた。

神から選ばれた御力を持った者だけがなれる聖女様が、職業の一つだなどと……

「はい。料理が上手な方が料理人になるように、回復魔法が使える方が聖女様になると思っています。ですから、聖女様の立場が歪んでしまっていることに、全ての原因があるように思います」

「ああ、あなたは聖女様について独特の考えをお持ちでしたね……」

言いながら、私は手に持っていたグラスをテーブルに置くと、フィーアに向き直った。

「フィーア、アルコールが入っていた時の話なので覚えていないかもしれませんが、以前、あなたは私の前で、聖女様のあるべき姿について意見を述べました。『聖女は女神と異なり、遠くて、気まぐれ程度にしか救いを与えない存在ではない。聖女は騎士の盾だ』と。その言葉を聞いた瞬間、私は胸を射抜かれたような気持ちになりました……」

その時の場面を思い出しながら話していると、フィーアの言葉を聞いた瞬間の感情が蘇り、一瞬、胸を刺される。

私は気持ちを持ち直すように、ぐっと拳を握りしめると、言葉を続けた。

「私がこれから口にする言葉は、あなたにとってフェアではありません。けれど……私は、人は立場によって言葉が変わると考えています。今のあなたの言葉も、あの夜の聖女様についての言葉も、あなたが騎士だから言えた言葉でしょう。もし、あなたが聖女様であったならば、決して同じ言葉は言えません」

「…………………」

フラワーホーンディアを討伐した夜、フィーアの聖女についての衝撃的な発言を聞いた時から、私は繰り返し考えていた。

フィーアの言葉の意味を。フィーアがなぜ、あのように発想し、発言することができたのかということを。

……考え尽くした結果の結論は、『フィーアが聖女様ではないから』だった。

騎士という立場であったからこそ、理想と希望を込めて、『聖女は騎士の盾だ』との発言をしたのだと、私は結論付けた。私の知りえる知識の範囲では、それ以外考えつかなかったと言い換えてもいい。

――人を形作るのは立場と環境だ。

母に対して取り続けていた礼儀正しい言動が、いつの間にか身について、誰の前でも取れなくなってしまったように。

「……ええ、分かっています。私の発言は、あなたにとってフェアではありません。あなたが聖女様でないのは、あなたのせいではないのですから」

私の発言を聞いたフィーアは、まっすぐに私を見つめてきた。

そうして、何とも表現し難い不思議な表情をすると、凛とした声で返事をした。

「……そうですね。でも、シリル団長、もしも私が聖女様だったとしても、私は同じことを言います」

不思議なことに、フィーアのその言葉はすとんと胸の中に落ちてきた。

……ああ、そうかもしれない。

フィーアならば、聖女様であったとしても同じ発言をするかもしれない。

なぜだか、素直にそう思うことができた。

そう思うと同時に、心の奥底に沈殿している濁り汚れたものが、少しずつ浄化され、減っていくように感じる。

私は軽くなっていく心に突き動かされるように、冗談めかした言葉を口にした。

「……ふふ、あなたが聖女様でなくて助かりました。もしもあなたが聖女様で、その御力を持ちながらあのような発言をされたとしたら、私は一も二もなくあなたの信奉者になって、跪いているところでしょうからね」

私の発言を聞いたフィーアは、仮定の話だというのに、なぜだかすごく嫌そうな顔をした。

「い、嫌です！　私はシリル団長のような信奉者はいりません。私は将来的に恋人を作って結婚する予定なので、信奉者であるシリル団長はその邪魔者でしかありません」

「ふふ、その時は、私が私の聖女様の恋人を査定してあげますよ」

「お、お断りです！　誰だって査定をする時には、自分を基準にするんです！　シリル団長が基準になったら、誰一人残りませんよ!!」

必死で言い募るフィーアを見て、私は声を上げて笑った。

……ああ、フィーアは本当に聖女かもしれない。

この時期の私は、いつだって気が滅入っていて、陰鬱な気分に支配されている。

なのに、どうだろう。

私は今、声を上げて笑っているじゃあないか。

フィーアは、人の心を救えるのかもしれない。

それはもう、聖女様と同等の力ではないだろうか？

穏やかな気分で微笑む私の前で、フィーアは変わらず顔をしかめていた。

そんなフィーアを眺めながら、私は久方ぶりに穏やかな気分でグラスを傾けたのだった。

27　サザランド訪問２

翌日、私はもやっとした気分で目が覚めた。

シリル団長のお母様が聖女ということは何となく予測がついていたけれど、前公爵夫人が典型的な聖女の姿だと言われると、私がやってきたことは何だったのだろうと思う。

聖女は騎士の盾であるようにと、前世の私は努めてきた。

私よりも年若い聖女たちにも、そのように指導してきた。

志半ばで亡くなってしまったけれど、私の遺志は多少なりとも引き継がれていたかと思ったのに。

前世で護衛騎士だったカノープスだとかは、聖女のあるべき姿が歪んでいくのを黙って見ていたのかしら？

それとも、３００年の間に少しずつ聖女の姿が歪んできたのであって、カノープスの存命中は正しい姿を保っていたのかしら？

そこまで考えた時、そういえばサザランドに来たからには、カノープスのお墓を拝もうと考えていたことを思い出した。

「そうだった、そうだった。カノープスはこの地とこの一族が、大好きだったものね！　きっと、彼のお墓はこの地にあるはずよ。そして、私の手にかかれば、彼のお墓を探し出すことなんて容易《たやす》いわ！」

なぜなら、彼は私の護衛騎士だったのだ。前世では、誰よりも長い時間一緒にいたと言っても、過言ではない。

つまり、私は彼のことを、誰よりも良く知っているということだ。

カノープスがこの地のどの場所に愛着があり、どこにお墓を建てたかなんて、すぐに見つけられるだろう。

……なーんて思っていた私は、何て夢見がちだったんだろう。

はぁはぁと荒い息をつきながら、探索開始から4時間たった今、私は心からそう思った。

領主館の庭だとか、海を見下ろす岬だとか、考えつく限りの場所を訪れた私は、どこにもカノープスのお墓を見つけることができずに、困り果てていた。

……あれれ？　カノープスのことを理解していると思ったのは、私の勘違いだったのかしら？

300年前のお墓だし、誰かに聞いて教えてもらえるって話でもないし、どうしたものだろう？

私はふぅと一つため息をつくと、崖の上から海を見渡した。

眼下にはどこまでも青い海が広がっており、風が潮の香りを運んでくる。

ああ、これが、カノープスが愛したサザランドの海ね。

そうして、この海の更に南側に、カノープスが生まれた離島があったのだわ。

「カノープス、遅くなったけれど、あなたが愛した海を私も見に来たわよ。まるで空と繋がっているかのようで、とっても気持ちがいいわね」

風になびく髪を手で払いながら、私は独り言をつぶやいた。

「……フィーア。今のは私には見えないどなたかに対して、話をされていたのでしょうか？　それとも、あなたの胸の内が零れてきたのでしょうか？」

嫌なタイミングで、背後から声が掛かった。

私は、いち、に、さん、と胸の内で3つ数えると、振り返った。

「あら、シリル団長。今のは独り言のように見えて、知り合いに話しかけていたのですよ。その知り合いは随分前に亡くなったのですが、この地が好きだったので、きっとここに戻ってきているはずでして。私の隣にいたらいいなぁと思って、いることにして話しかけてみたんです」

「……なるほど」

シリル団長は私の横に立つと、並んで青い海を見つめた。

「あなたの考え方でいくと、母もこの海に帰ってきているのでしょうか？　……母の遺体は見つかりませんでした。彼女は今も、海の底で眠っているのかもしれません」

「シリル団長……」

ちらりとシリル団長を見ると、団長は何かを思い返しているかのような表情をしていた。

ああ、まだ団長の中では、ご両親の話は解決していないのかもしれないな、と思う。

「……フィーア。友人として忌憚《きたん》なく答えてください。私は両親を救うことができませんでした。10年間考え続けていますが、未だにどうすればよかったのか分かりません。サザランドの民についても同様です」

団長は海を見つめたまま、ぽつりと話し始めた。

「発端を作った一族出身の私が責任をとるべきだと、長年思ってきました。この地を治め、住民たちを理解し、彼らの悲しみを取り除くことで初めて、10年前の罪が許されるのだと。……けれど、私がこの地を治めること自体が間違いなのかもしれません。10年間色々と努力してきましたが、住民たちの態度に変化はありません。私には、……この地の民は救えない」

団長は落ち着いた静かな声で話していたけれど、頑なに海を見つめていて、決して私の視線と交わらなかった。

礼儀正しく、必ず相手の目を見て話す団長らしくもない行為に違和感を覚えた私は、まじまじと団長を見つめ、握りしめられた団長の指先が細かく震えていることに気付いた。

……ああ、シリル団長の発言は、昨日、今日に考えたことではないのだろう。

長い間、繰り返し、繰り返し考え続けてきた結論なのだろう。

10年前の事件の原因はご両親にあると考えていて、けれど、立場上それを認めることも、謝罪することもできなくて、じゃあせめて現状を改善しようとしても、住民たちは決して敵対的な態度を崩さなくて。

……うん、責任感が強くて優しい団長のことだから、住民たちに長い間、負の感情を抱かせていることに申し訳なさを覚えて、自分が領主を降りたら、少なくとも住民たちの感情は改善するのでは、と考えたのかもしれない。

「……シリル団長、ご両親のことと、この地を治めることは別物ですよ」

そっと答えると、団長ははっと息をのんだ。

私は敢えて団長を見ずに、海を見ながら答えた。

「……きっと、解けない問題はあるんです。私にも一つ、どうしても解けない問題があって、なぜ彼らはあのような行動に出たのだろうと、考えても、考えても分からないのです」

なぜ、前世の兄たちは、魔力が空っぽになった私を、魔王の城に置き去りにしたのか……

なぜ、あんな風に私を、魔王の城に置き去りにすることができたのか……

どうしても分からない。

「けれど、彼らが歩んできた人生の全てを知っているわけでも、どのように考えたかという思考の全てを覗けたわけでもないので、どんなに繰り返し考えても、情報不足で彼らを理解することはできないんですよね」

「フィーア……？」

私が何のことを言っているのか分からないだろうに、それでも心配そうに覗き込んでくるシリル団長に、私はにこりと微笑んだ。

「だから、考えるのは止めました！　今の私はそこから始まっているので、ともすれば思考を引っ張られますが、うん、考えても答えが出ないものに囚われても無駄ですよね！　私は気付いたんです。すっごく気になるけど、その答えを知らなくても私は前に進めるし、笑えるんだって」

そう言うと、私はシリル団長を振り仰いだ。

「シリル団長はすごく優しいです。けれど、もしもご両親のことで悩まなかったら、シリル団長はこんなに優しい性格にはならなかったかもしれません。……私は優しいシリル団長が好きですよ」

シリル団長は私の言葉を聞くと、驚いたかのように目を丸くしていた。

私は気にせず、話を続ける。

「もしかしたら、どうしても救えない相手というのが、いるのかもしれません。そうして、シリル団長の考える救いと、お相手の救いは、異なるのかもしれません。けれど、それでも、団長の正義と優しさで、精一杯救おうと努力するシリル団長を、私は素敵だと思います。私がこの地の民なら、そんな団長にこの地を治めてほしいです」

「……………」

シリル団長は驚いた表情のまま口を開いたけれど、その口からは音が発せられることなく、再び閉じられた。

私はシリル団長を正面から見つめると、言葉を続ける。

「今の住民たちは色々な思いに囚われていて、団長に辛く当たるのかもしれませんが、大丈夫です。優しさは、最後には伝わります」

シリル団長は変わらず、呆けたような表情を保っていたけれど、やがて目を細めると小さく笑い出した。

「ふふふ、あなたの世界は単純で美しいですね。……とても魅せられる」

それから、ひとしきりくすくすと笑った後、吹っ切れたような綺麗な表情で微笑んだ。

「あなたの言葉には何の根拠もありませんが、あなたの美しい世界を、私も見てみたい気持ちにさせられました。ええ……そうですね。泣き言を言っている場合ではありませんね。私は私のできることをして、理解されるよう努めるべきですね。ありがとう、フィーア。あなたと話すと、元気が出ます」

「どういたしまして？」

とても嬉しそうな顔でお礼を言われたので、理由が分からないままに受け入れる。

そのまましばらく2人で海を眺めた後、シリル団長は気を取り直したように私に問いかけてきた。

「ところで、なぜこの岬に来たのですか？　海が見たかったのですか？」

「ええと、『青騎士』のお墓があれば手を合わせたいなと思って、お墓を探していたんです」

「ああ、そういえば、あなたはサザランド姓を名乗っていた、最後の『青騎士』に興味を持っていましたね。……残念ながら、この地に彼の墓標があるという話は、聞いたことがありません」

「えっ、そうなんですか!?」

私は驚いて、素っ頓狂な声を上げた。

えええ、カノープスはこの地で眠っていないの？　だったらもう……どこにあるのか分かんないわよ！

私はがくりと肩を落とすと、シリル団長に向き直った。

「まぁ、つまり、たった今、私の用事は全てなくなりましたよ。シリル団長こそ、海を見に来たんですか？」

「結果的には、そうなりましたね。あなたがお昼にも現れないので、探しに来たんですよ」

「え、え、それは失礼しました！　でも、1食くらい食べなくても、大丈夫ですよ」

慌てて団長を振り仰いだけれど、団長は小さな子どもに言い聞かせるような表情をして、私の頭をぽんとたたいた。

「何を言っているのですか。あなたは伸び盛りなのですから、きちんと食事を取らないと。それに、今夜の夕食は軽めですので、昼食はきちんと取るべきですよ」

「夜が軽めって？　あ、もしかして、騎士たちが思った以上に食べるので、公爵家の食料がなくなってしまったんですか？」

閃いたと思って質問したけれど、団長にじとりと見つめられる。

「……たった100人が、数日で食べつくす程度の食料備蓄だなどと、我が公爵家の食糧庫はどれほど貧弱なのでしょうか？　違いますよ。明日は、大聖女様がこの地を訪れたことを記念したお祭りの日です。祭礼は日の出と共に始まるので、今日は通常よりも早い時刻に軽い夕食を取って、就寝します。明日は、皆さん夜明け前に起きられますよ」

「だ、大聖女、さま、の、訪問を記念した祭り!!」

私は思わず、オウム返しに繰り返した。

な、なんてものが開かれるのだ!?

大聖女の訪問記念祭りだなんて、そんなのが300年も続いていたの？
カ、カノープスったら、どうして取り締まらないのよ！
いや、仕方がないのかもしれないけれど。住民たちには娯楽が必要で、大聖女の訪問なんて、お祭りのお題目としては手っ取り早くて、扱いやすいのかもしれないけれど。

けど、私が死んだ時に、取りやめても良かったんじゃないかしら？

……ああ、読めたわ。

300年も経っているんだもの。色々なものが正しく伝わるはずなんてないわよね。

大聖女はすっごい太っていたとか、すっごい阿呆な行動ばかり取っていたとか、事実とは異なった話がたくさん伝わっているのよ！

私はがくりとうなだれながら、シリル団長に続いて領主館へ戻って行った。

早朝に出て行った時とは異なり、領主館の庭は開放され、多くの住民たちが館前の庭で作業をしていた。

庭の中心に位置する切り株を囲むように、住民たちは祭りの飾りを準備している。

「ああ、アデラの木ね。本当に大きく育ったのね」

切り株の大きさから生えていた木の大きさが想像でき、思わずつぶやくと、シリル団長に訝《いぶか》し気に見下ろされた。

「フィーア、なぜアデラの木だと分かったのですか？　昨夜、この木が切り倒された話はしましたけれど、木の種類までは話していませんよね？」

「私は！　木が大好きで！　き……っり株を見たら、木の種類が分かるんですよ!!」

「へー……」

シリル団長は何か言いたげに私を見つめてきたけれど、目を逸らして気付かない振りをする。

ああ、いけない。シリル団長は鋭すぎるんだったわ。

もう、黙っておこう。

私は強く心に思うと、食堂までは黙ってシリル団長について行った。

◇　◇　◇

手早く昼食を食べた後は、庭に出て住民たちを手伝った。

祭りの準備は騎士たちが手伝うことが通例となっているようで、周りの騎士たちも手慣れた様子で作業をしている。

住民たちは変わらず打ち解けない様子ではあるけれども、完全に拒絶するというわけでもなく、必要な言葉をぼそぼそと騎士たちにかけていた。

ふふ、お祭りっていいわね。

普段より開放的な気分になるから、敵対的な関係でも改善するもの。

『大聖女様の木』と呼ばれている記念樹が切り倒された後も、住民たちはこの木が植わっていた場所を中心に祭りを開催しているようで、切り株の正面にイベントスペースが設置してあった。

その周りに色とりどりの飾り布を飾ることで、お祭りらしい楽し気な雰囲気ができあがってくる。

夕方になり、一通りの準備が終わったかなと思った頃、騎士たちが記念樹の切り株を囲むように、庭のそこかしこに旗の立て台を設置し始めた。

何をする気だろうと不思議に思って見ていると、騎士たちはその立て台にナーヴ王国の国旗を差し始める。

「へ？　あれは何をやっているの？」

にぎにぎしい祭りの情景の中に、赤地に黒竜が描かれた国旗というミスマッチな情景に驚き、隣にいるファビアンに質問する。

「ああ、大聖女様を記念する祭りには、国旗の使用が許されているんだよ。つまり、赤は禁色だけど、国旗には使用されているよね？　国旗の赤は大聖女様の髪色と全く同じだと言われているから、大聖女様の名を冠する祭りの際は、大聖女様を偲ぶ意味で国旗を掲示できるんだ」

「へー」

言いながら、そういえばサヴィス総長も、私の髪色が国旗と同じ赤だと言っていたなと思い出す。

そうそう、あの時は、私の髪色と国旗の色を比べてみたいと、城の最上階まで連れていかれたんだった。

否定するつもりで、『赤と一言で言っても、色んな赤がありますよね』と総長に言ったのだけど、『同じ赤に見える』と返されたんだったわ。

ふふ、国旗の赤が私の髪色と同じだなんて、すごい偶然ね。

面白く思いながらも、準備が整ったので早々に大広間に行き、急いで夕食を食べる。

明日は、日の出と共に祭礼が始まるとのことなので、その前……つまり、まだ暗い時間に起きなければいけない。早めに眠らないと……

と思っていたら、一瞬で眠っていたようだ。

同室の女性騎士たちが身支度をする音で、目が覚める。

私は急いで準備をすると、館の前庭に向かった。

前庭にはすでに大勢の騎士や住人たちが集まっており、にぎにぎしい雰囲気だった。

整列している騎士の中に潜り込み、時間がくるのを待つ。

やがて、昇り始めの太陽から一条の光が差し込むと、それを合図に祭礼が始まった。

まずは、領主であるシリル団長ことサザランド公爵が皆の前に立ち、赤い花を付けたアデラの枝一振りを切り株の上に捧げた。

シリル団長が頭を下げると同時に、その場の全員が頭を下げる。

しばらくそのままの姿勢でいると、そこかしこからすすり泣きが聞こえてきたので、驚いて視線を上げる。

見ると、何人もの住民たちが両手で顔を覆ったり、嗚咽を漏らしたりしていた。

「大聖女様……」

「あ、ありがとうございました、大聖女様」

「ああ、どうぞ、……もう一度、この地をご訪問ください」

私はほっこりと温かいものに胸を満たされた気持ちになりながら、もう一度深く頭を下げた。

——ありがとう。たった一度訪れただけの私に対して、どうもありがとう。

私は心の中でお礼を言うと、この地の住民たちが健やかで、幸せでいられるようにと祈った。

祭礼は滞りなく進められ、住人たちが大聖女に踊りを捧げる時間となった。

この頃になると、始まりの時にあった厳粛な雰囲気は消えてなくなっており、皆、思い思いに振舞っていた。

騎士たちの半分くらいは、出店された屋台に突撃しており、気の早い者は既に食べ始めている。

私はステージの前に敷かれた布《ラグ》に座る住民たちに交じって、彼らの踊りを一緒に見ることにした。

踊りの開始まで時間があるようだったので、ぼんやりと待っていると、後ろに座った住民たちの声が聞こえてきた。

「アデラの花が咲く季節になると、大聖女様が訪れてくださるのじゃないかと期待してしまうわね」

「そうね、一度でいいからお会いしたいわね」

私はびくりとして、振り返りたい衝動をなんとか抑える。

……あ、あれ？

シリル団長が大聖女は今までに一人しかいなかったって言っていたから、話題になっているのは前世の私のことよね？

ええ？　前世の私は３００年前に死にましたけれど？

私は聖女であって、不死を司る魔物とかではないですからね？

３００年もの間、生き続けるなんて無理ですよ。

……だから、訪問を待っているってのは、どういうことかしら？

話の続きが気になって、後ろの2人組に集中していると、そのうちの一人が小さな笑い声を上げた。

「大聖女様がこの地を訪問された時だけど、くちゃくちゃのドレスを着用されて、くちゃくちゃの髪だったそうよ。ふふ、そんな姿でも訪れてくださるなんて、素晴らしい方ね」

ま、まって、まって！　それ、まって！

私を素晴らしいと表現してくれているけれど、くちゃくちゃだったと言った時点でけなしていますからね！

ほらね、ほらね、やっぱり初めにこの祭りのことを聞いた時に心配したように、色々なものが誤って伝わっていたり、面白可笑しい内容だけが伝わっていたりするんだわ！

がくりとしながらも、少しくらいは褒めてほしいわよねと、後ろの2人組を気にしてみたけれど、大聖女の話は終わってしまったようで、昨夜の晩御飯に話題が移ってしまった。

ま、まぁ、そうよね。

３００年前の大聖女の話なんて、晩御飯よりは重要度が低いわよね。

そう思ってしょんぼりしていると、楽器の音が響き出した。

いよいよ踊りが始まるようだ。

音楽を聴いたとたん、わくわくとした気持ちに切り替わり、首を伸ばして待っていると、綺麗に着飾った女性が10人程現れ、しゃらんしゃらんと鈴の音に合わせて踊りだした。

女性たちが着用した色とりどりの布が目にも鮮やかで、とても楽しい気持ちになる。

けれど……

「ふうん。初めは子どもたちの踊りから始まるかと思ったのに、すごく本格的なものから始まるのね」

思わず独り言をつぶやくと、隣に座っていた女性がちらりと私の赤い髪を見ながら、教えてくれる。

「大聖女様がこの地を訪れた際、私たちの踊りを1曲しか見てくださらなかったの……。だから、祭礼では、1曲目に一番重要な踊りを捧げることが習わしになったのよ」

「へ……っ？　あ、いや、違いますよ！　あれは、不可抗力です!!　皆さんの踊りはすごく楽しみだったんですが、思わず、疲れて眠ってしまったんですよ!!　いや、でも、子どもたちは可愛かったし、十分歓待していただきました!!」

突然の話に動揺して、思わず言いつくろってしまったけれど、いや、待って。前世の話だし、私が言い訳する方がおかしいわよね。

しまったなと思って辺りをうかがっていると、周りの住民たちから驚愕したかのように見つめられていることに気付く。

ああ、ですよね。意味の分からないことを話している、赤髪のおかしな騎士に見えますよね。

「……い、今の話、……なぜ大聖女様が観覧なされた踊りが、子どもたちのものだって知っているんだ？」

「あの赤い髪。やっぱり、大聖女様の……」

「暁色の髪に金の瞳。大聖女様の御印だ……」

「大聖女様……」

なにやら驚いたようにつぶやかれるけど、ええ、確かに私は赤い髪ですよ。

……先ほどの私の失言に呆れて、住民たちは色々と発言しているのかと思ったけれど、聞こえてくるのは「赤い髪」という単語ばかりなので、これは例の「赤い髪拒絶反応」ではないかしらと思う。

「赤い髪拒絶反応」。……この地は、大聖女信仰が強い土地なので、基本的に赤い髪は受け入れられるのだけれど、「サザランドの嘆き」を体験した住民たちは話が別で、前公爵夫人の赤い髪を思い出して、拒絶反応を起こすとの説明だった。

ぱっと見回した限りでは大人ばかりだから、全員が10年前まで存命だった前公爵夫人をご存じで、私の赤い髪にその姿を思い出しているのかもしれない。

きっと、『また赤髪の者が騒動を起こしている。今度は、おかしなことを言い出したぞ』とか、そういうことだろう。

私は住民たちの感情を逆なでしないよう、大人しくしておこうと思い、さりげなく舞台に視線を戻す。

けれど、私が黙っているにもかかわらず、周りのざわめきは大きくなる一方で、どうしたものかと困ってしまう。

すると、近くに座っていた恰幅のいい男性が、恐る恐るといった感じで私に尋ねてきた。

「赤髪のお嬢さんは、あの舞台では何の踊りが披露されていると思う？」

「ええと……」

私は舞台に集中すると、女性たちの踊りについて考える。

「このひらひらと戯れる感じは……クラゲ、と見せかけて、イルカね！　ふふふ、引っ掛け問題のつもりでしょうけれど、私は間違えませんよ」

得意げに答えを披露すると、さらに驚愕したように見つめられ始めた。

「イルカって、……全くイルカらしい動きがないのに、どうして……」

「やはり……大聖女様の…………」

何人もの住人が立ち上がりだし、観客席は蜂の巣をつついたような騒ぎになった。

もはや、ゆっくりと舞台を鑑賞するような雰囲気ではなくなっている。

騒ぎを聞きつけて走り寄ってきたカーティス団長が、私を見つけて驚いたような表情をした。

「フィーア、何があったんだ？　酷い騒ぎになっていて、その中心が君のように見えるんだけど」

確かに、イベントスペースあたりはちょっとした騒ぎになっていた。

始まりの踊りは終了したようだけれど、次の演目は始まらず、舞台は一時中断した形になっている。

観客席に関しては、今や全員が立ち上がっていて、私を囲むような形で、住民たちが何やらひそひそと囁いていた。

囲まれた私は、一人涙目だった。

「し、し、知りません！　始まりの踊りは何を模しているかって聞かれたから、イルカって答えたら、騒ぎになったんです」

「え、そんなことで？」

カーティス団長が全く理解できないといった表情で、大袈裟に首を傾げる。

「そう、そんなことでですよ！　カーティス団長、イルカの踊りを踊るって言ったら、サザランドでは失礼に当たるんですか？」

「いや、そんな話は聞いたこともないけれど。遠目に舞台を見ていたけど、あれはクラゲを模しているよね？　あんまり異なる答えを君が言ったから、みんなは呆れてしまったのかな？」

「カ、カーティス団長！　呆れているとか、そんな雰囲気ではないですよね？」

私はきっとなってカーティス団長を仰ぎ見ると、抗議した。

カーティス団長は「冗談だよ」と、安心させるように微笑みながら、さり気なく私を住民たちから見えないように、自分の背中に隠してくれる。

そして、住民たちを見回しながら、穏やかな口調で話し始めた。

「私はこの地を管轄している、第十三騎士団長のカーティスだ。今日は大聖女様のご訪問を記念した祭りということで楽しみにしていたのだが、仲間の騎士がどうかしたのか？　もしも問題を起こしたのであれば、謝罪するが」

カーティス団長はこの地の民に受け入れられていると、シリル団長が言っていた。

果たして、にこりと微笑みながらカーティス団長に話しかけられた住民たちは、強張っていた表情を緩めて返事をする。

「あ、ああ、いや、問題ではなくて、この赤髪のお嬢さんは、その、何者なのだろうと思って……」

「そう、そうなんだ。まるで暁のような赤髪をした、このお嬢さんは……」

「フィーアは、今年入りたての王国の騎士だ」

カーティス団長が答えると、住民たちは用心深げな表情になった。

「騎士。騎士か……」

「いや、でも、大聖女様は騎士を信用し、大事にされていたと聞く」

「ああ、騎士ってのは本来、国や民を守る仕事だろう？　大聖女様の選択としては、ありそうじゃないか？」

ざわざわと騒めき続ける住民たちの間から、一人の老人が進み出てきた。

祭礼時に、離島出身民族の族長として紹介された男性だ。

「初めまして、お嬢さん。私は離島出身民族の族長で、ラデクと言います」

族長はそう言うと、ぺこりと頭を下げた。

◇　◇　◇

「ご、ご丁寧にありがとうございます。王国第一騎士団に所属していますフィーア・ルードです」

私はラデク族長に自己紹介をすると、ぺこりと頭を下げた。

族長とカーティス団長は既知の仲らしく、互いに小さく頷き合っている。

族長は皺の寄った顔を柔和にほころばせると、近くのラグを指し示した。

「お座りになりませんか？　私も座った方が楽なので、よろしければ」

3人でラグに座ると、住民たちは興味深げに周りに集まってきた。

ラデク族長は感心したような表情で私の髪を見ると、口を開いた。

「見事な赤い髪ですね。言い伝えでしか知りませんが、伝説の大聖女様も、このように鮮やかな赤い髪をしていたといいます。とても美しい赤だ」

「ありがとうございます。でも、前公爵夫人も赤い髪だったと聞きますし、王都では珍しくもない色ですよ」

至極当然のことを返すと、族長は穏やかに続けた。

「そうですね、前公爵夫人の髪は私も拝見したことがありますが、オレンジがかった赤で、このように鮮やかではありませんでしたよ。お役目で何度か王都に足を運んだことがありますが、皆さん赤い髪と言っても黄色がかっていたり、一部は茶色だったりと、全てがあなたのように深紅の髪というのは見たことがありませんでした」

「そうですか？」

そう言われたら、そんな気もする。

改めて考えると、これまで他の赤い髪にじっくり着目したことがなかったので、自分の赤い髪が珍しいと言われると、違うともはっきり言えない。

族長は楽しそうに笑うと、手に持っていたアデラの枝を差し出した。

「ははは、上位の聖女様ほど、伝説の大聖女様と同じ、赤い髪であることにこだわられますが、あなたのように真に赤い髪の方だと、全く頓着されないのですね。……どうぞ。大聖女様が植えられたアデラの木は守れませんでしたが、あの木が倒された際に分けてもらった枝で挿し木をしたところ、大きく育ちましてね。その木の枝になります」

「まぁ、ありがとうございます」

枝についていた赤い花を見て、にこりと笑う。

族長はそんな私を見て、顔をほころばせた。

「フィーアさんはこの地のことをよくご存じだと皆が言っていましたが、お知り合いでもいるんですか？　始まりの踊りを見て、なぜイルカの踊りだと思われたのでしょう？」

「知り合い、というか……その、以前サザランドの領主だった『青騎士』に興味がありまして、いつかこの地の海や街を見てみたいと思っていました。イルカは……ええと、まぁ、大きく括れば、イルカとクラゲは同じですからね。ちょっと勘違いをしてしまったようです」

私が言葉を発した瞬間、周りで聞き耳を立てていた住民たちがひゅっと息をのんだ。

誰もかれもが信じられないといった表情で私を凝視してくるので、居たたまれなくなって身じろぎする。

困ってしまって族長を見つめると、族長は真剣な顔で私を見返してきた。

「フィーアさん、よろしければ、私たち離島の民が長年受け継ぎ信じている、『蘇り信仰』の話をさせていただいてもよろしいでしょうか？」

「え？　あ、はい、もちろんです」

とても断れる雰囲気ではないので、謹んでお受けする。

「私たち離島の民は、思いが深いと魂は蘇ると信じています。深い、深い思いは、長い時を経て、再び私たちを出会わせてくれるのです。……あなたが気にされていた、サザランド領主だった『青騎士』は、大聖女様の護衛騎士でした。あなたが先ほど言われたイルカとクラゲのお話も、大聖女様のお言葉として、同じものが残っております。……あなたはきっと、大聖女様の魂を持った生まれ変わりなのです」

「…………………」

私は思わず絶句した。

突然の正鵠《せいこく》を射た話に、二の句を継ぐことができない。

「……え、……あ……………」

意味を成す言葉を発することができない私を見て、族長は心配そうに顔を覗き込んできた。

「大丈夫ですか？　突然の話で驚かれたことかと思いますが、そうして、到底信じられない話だと思いますが、私たち一族は魂の蘇りを信じています。大きな思いと役目を持った魂は、必ず還ってくると。これは私たちの願いでもあります。私たちは大聖女様に大きな恩義があり、いつか必ず大聖女様のお役に立とうと、一族で誓いました。けれど、結局、何一つお返しすることができなかった」

族長は悲し気に、私の手の中の赤い花を見つめた。

「大聖女様はこの地に戻られると約束をしてくださった。だから、私たちはいつか必ず、還ってきてくださると信じ続けていました。あなたはきっと、自分は大聖女様の生まれ変わりではなく、私たち一族におかしな言いがかりをつけられたと、気味悪く思っているでしょうが、一族の代表としてお願いします。どうか、どうか、私たちの行為を受け入れてはもらえないでしょうか」

「あの……」

口を開くけれど、何を言っていいのかが分からず、次が続かない。

「偶然にしては、あなたの行動は大聖女様を彷彿とさせすぎるのです。大聖女様の護衛騎士だった『青騎士』を気にするのは、大聖女様だったからではないだろうかと、私たちは希望を持って見てしまう。私たちの勘違いだとしても、長年持って行き場のなかった私たちの思いを、受け入れてもらえないでしょうか」

「えーと……」

私はどきどきと大きく高鳴りだした心臓の音をうるさく感じながら、頭を働かせる。

ええと、これは、私の前世が大聖女だとばれたわけではないようね。

ただ、離島の民には魂の蘇りという思想があって、私が大聖女の魂の蘇りではないかと疑っているということね。

……当たりです！　根拠も何もなく、正解を言い当てられてしまいましたよ！

私は「ふひぃー」と心の中でつぶやくと、どうしたものかと考えを巡らせ始めた。

そんな中、カーティス団長は言いにくそうに族長を見つめると、口を開いた。

「フィーアが赤い髪なので、大聖女様との類似点が少しでも見つかると、生まれ変わりと信じたい気持ちは分かるが……。フィーアは聖女様でもないわけだし」

「フィーアさんが騎士である時点で、そのことは了解しております。魂の蘇りですから、体は別物で、力は受け継がないのかもしれない。……魂の蘇りを信じてはいますが、実際に蘇った方を見たのは初めてなので、私たちもよく分かっていないところがありまして」

「……なるほど」

魂の蘇りを見たのは私が初めてだという族長の言葉を聞いた瞬間、カーティス団長が「族長たちの勘違いだな」と確信したのが分かった。

けれど、一族の気持ちを傷つけないように、理解した振りをし始める。

「確かにフィーアは、赤い髪に金の瞳だしな。うん、『青騎士』に興味があるというのも、魂のどこかで以前の生を意識しているのかもしれない」

「ちょ、カ、カーティス団長！」

あまりの悪乗りぶりに苦情を述べようとすると、小さな声で囁かれる。

「フィーア、これはチャンスだ。君を大聖女様の生まれ変わりだと信じるならば、騎士としての君を……ひいては、騎士たちを受け入れてくれるかもしれない。サザランド公家と住民たちが仲直りできるかもしれないぞ」

「うぐ……」

私はカーティス団長を睨みつけたけれど、懇願するような表情で軽く頭を下げられる。

くぅぅぅぅ。足元を見るわね。

確かに私だって、シリル団長のお役に立ちたいとは思っていますけど……

私は族長に向き直ると、ぽんと手を打った。

「ああ、そうですね。何だか私は大聖女様だったような気がしてきました！　うんうん、カノープスは私の護衛騎士だった気がしてきました」

「カノープス様のお名前までご存じだぞ！　ほ、本物だ!!　本物の大聖女様だぞ」

一気に騒めき立つ住民たちを見て、私は青ざめる。

……あ、しまった。

加減を間違えた。そうだった、カノープスの名前は出すべきではなかったわ。

けれど、落ち込む私とは対照的に、カーティス団長はよくやったとばかりに満面の笑みで見つめてくる。

大喜びし、「大聖女様」と連呼し出した住民たちを見て、私は顔がひきつってくるのが分かった。

……ど、どうすればいいの？

これはシリル団長に怒られるパターンかしら？　褒められるってことは、あるのかしら？

◇　◇　◇

メインイベントである踊りの披露がたった1曲で中断され、その周りでは住民たちが興奮して、「大聖女様、大聖女様」と連呼している。どこからどう見ても、異常事態だ。

そうして、異常事態というのは即座に責任者に報告され、責任感の強い責任者ほど、自らの目で現場を確認しにくる。

なるほど、なるほど。……正に有能な責任者のお手本のような行動ですね。

興奮のるつぼと化した最悪の状態にあるタイミングを逃さず、即座に現場に駆け付けたシリル団長を見て、さすがだなと思う。

　さすがではあるが、もう少し興奮がおさまった状態で来てくれた方が、シリル団長の精神にも、私の精神にも優しかったんじゃないかしら、と上司の有能すぎる能力に不満を覚える。

　案の定、騒ぎの中心で私を見つけた瞬間、シリル団長の表情が魔王のそれに変わった。

　ひいいいいい。

　怒っていらっしゃる！　怒っていらっしゃるわ！　これは、絶対怒られるわね！

　私はせめてもの抵抗で、カーティス団長の背中に隠れてみた。

　シリル団長は一切臆することなく、けれど普段とは異なった少々乱暴な歩き方で、一直線に私たちの方まで歩いてきた。

「ラデク族長、カーティス、一体何事ですか？」

　シリル団長は興奮して大聖女の尊称を呼び続ける住民たちをぐるりと見回すと、何事も見逃さないといった観察者の目でこちらを見つめてきた。

「これは、サザランド公爵。先ほどは、祭礼でのお役目をご苦労様でした」

　族長はシリル団長に深々と頭を下げた。

「いえ、ラデク族長。こちらこそ、毎年お世話になっています」

　質問を躱《かわ》された形になったシリル団長は、拍子抜けしたような表情になったけれど、どこまでも礼儀正しい気質に従い、丁寧に返礼する。

　しかし、その力が抜けた一瞬を狙ったように、族長が爆弾を落とした。

「実は公爵、今回、あなたのところの騎士のフィーアさんが、大聖女様の魂の蘇りだということが分かりましてね」

「…………はい？」

シリル団長は余所行き用の笑顔のまま、固まった。

「私たち一族には魂の蘇りという思想がありまして、300年もの間、大聖女様のお還りをお待ちしておりました。フィーアさんは聖女の力をお持ちではないし、魂の蘇りという思想にとまどっておられるようですが、大聖女様のご記憶を一部引き継がれているのではと思われる発言が散見されましして」

「…………なるほど」

シリル団長が不自然な笑顔のまま、曲げた一本の指を顎に当てて返事をしている。

ああ、これは非常にご機嫌が悪い時の団長の癖だわ。

私は逃げたい気持ちに後押しされ、そろりそろりと後ろに下がる。

「そのため、もしも叶うのであれば、蘇られた大聖女様としてフィーアさんを扱わせていただきたいのですが、よろしいでしょうか？」

「……それは、私が一人で決められることではありませんね。フィーア！」

「は、はい、団長！」

私は後進を止め、慌ててカーティス団長の背中から走り出た。

シリル団長はにこりと、この状況にしては不自然すぎるほどの満面の笑みで、私を迎えてくれた。

「さて、フィーア。あなたが大聖女様の蘇りであるとは私も初耳なのですが、一体どういうことなのでしょうか？」

「踊りが！　皆さんの踊りがイルカに見えると言ったら、大聖女様に認定されてしまったんです!!」

私は必死で分かりやすい説明を試みたというのに、シリル団長は考え込むかのように眉根を寄せた。

「……私の理解力が悪いのでしょうか。あなたの説明が、全く理解できません」

「ええ？　つまり、私がクラゲの踊りだと言い切っていたら、こんな問題にはならなかったって話ですよ!!」

私は団長が理解できるように、優しい言葉で言い換えてみたけれど、更に顔をしかめられる。

「カーティス、説明してください」

そうして、シリル団長は私の説明を理解することを、放棄してしまった。

「はい、この地には元々復活信仰があるようで、大聖女様の復活を熱望する気運が醸成されていました。フィーアが舞台を見て述べた感想に、大聖女様を彷彿とさせる言葉が混じっていたこと、フィーアが大聖女様の護衛騎士であった『青騎士』に興味があったことで、住民たちはフィーアを大聖女様の生まれ変わりだと認定したようです」

シリル団長に名指しされたカーティス団長は、前もって練習していたかのように、すらすらと説明を始めた。

私が行った懇切丁寧な説明には首を傾げ続けていたシリル団長だが、どういうわけか、カーティス団長の説明には納得したかのように頷いている。

「なるほど……」

カーティス団長はさり気なくシリル団長に近寄ると、小声で耳打ちをした。

「シリル団長、団長の信念には反するでしょうが、住民たちがフィーアを大聖女様の生まれ変わりだと思い込んでいる状況を受け入れるべきです。ええ、私もフィーアも、住民たちの勘違いだと思っています。けれど、住民たちは３００年もの間、生まれ変わりを待っていて、恩返しをしたいと思っていたのです。これはチャンスですよ！　これこそが強心剤です」

「…………」

シリル団長は一瞬、すごく不満そうな表情をしたけれど、最終的には小さく頷いた。

そうして、私をちらりと見てきたので、同意の印にぶんぶんと首を縦に振る。

シリル団長は私が肯定したことを確認すると、ゆっくりと族長に向き直った。

「ラデク族長、フィーアが大聖女様の生まれ変わりであるとは、にわかに信じがたい話ではありますが、皆がそう信じているのであれば、時間をかけて確かめられるのもよいでしょう」

「ああ、公爵。ありがとうございます！　私たちは大聖女様に恩義を返す時を、待ち望んでいたのです!!」

族長は嬉しそうにシリル団長の両手を握ると、深く頭を下げた。

……さて、踊りを見た後は、デズモンド団長からもらったおせんべつを軍資金に、お腹が膨れるまで買い食いをしようと思っていた私の計画は、見直しを余儀なくされた。

なぜなら、にこやかな笑顔を張り付けたシリル団長に、有無を言わさず館の中まで引っ張って行かれたからだ。

後ろから、カーティス団長が仕方ないといった表情で付いてくる。

「それで?　一体どういうことなのですか?」

一昨夜とは異なり、声が外に漏れないようにきっちりと扉を閉められた執務室で、シリル団長は私とカーティス団長を交互に見つめてきた。

カーティス団長が困ったような表情で返事をする。

「先ほど説明したことが全てです。私も騒ぎを聞きつけてからあの場に急行したのですが、どうやら住民たちは、ほんの一言、二言、フィーアと言葉を交わしただけで、大聖女様の生まれ変わりと認定したようです」

言いながらカーティス団長がちらりと私を見てきたので、ぶんぶんと首を縦に振る。

その通りですカーティス団長!　私が常識的な会話を少ししただけで、皆さんは誤解をし始めたのです!!

「つまり、住民たちは大聖女様の生まれ変わりを熱望していたのでしょう。実際に真実であるかどうかを追及するよりも、少しでも大聖女様と思われる人物を大聖女様として崇め、恩義を返したいと思っているように見受けられました。きっと、赤い髪のフィーアが適任だったのでしょうね。聖女様でもないフィーアを大聖女様の生まれ変わりと認定するなんて、かなり乱暴で粗雑だと思いますけれど、逆に言うと、それだけ偶像を求めているのでしょう」

「……なるほど。この地の大聖女信仰は非常に強い。母は住民たちにひどい扱いをしましたが、赤い髪の聖女という理由だけで、住民から受け入れられていました。そして、『大聖女様の木』を切り倒したことで、拒絶されるようになりました。住民たちの行動原理には、常に大聖女様がありますす」

シリル団長の言葉を、カーティス団長も肯定する。

「この地に限らず、大聖女様を信仰している土地は多いですよ。大聖女様は戦闘で多くの騎士や民たちを救ってきたので、各地に住む彼らの親族が、感謝とともにそれぞれの地で大聖女様を敬い、結果として大聖女信仰が広まっていったのでしょう。そうは言っても、この地のように300年もその信仰が続いている土地は珍しいですが。……ただ、実際に大聖女様が訪問されたことがある土地ですから、親しみを感じて敬愛が継続していくというのは、あり得ない話ではないですね」

シリル団長はカーティス団長の言葉に頷きながら立ち上がると、部屋の片側を埋め尽くしている本棚に近寄って行った。

そして、古そうな本が並んでいる一角で立ち止まると、その背表紙を指でなぞる。

「私も色々と調べましたが、大聖女様が公式にこの地を訪れたことは一度もありません。記念の祭りが行われているので、訪問されたのは間違いないのでしょうが、非公式だと思われますので、重要なお役目でのご訪問ということではないようです」

「先ほどの住民の言葉を借りると、この地の領主であった『青騎士』は、大聖女様の護衛騎士であったようなので、その関係でこの地を訪れたのかもしれませんね。いずれにしても、大聖女様のご功績は誰もが知るところです。住民たちが感謝し、恩義を返したいというのは、理解できる感情です」

目の前で交わされるシリル団長とカーティス団長の会話を聞きながら、私はうんうんと頷いた。

……そうですね、あれは非公式な訪問でした。

私が衝動的にサザランドを訪問したいと思い立って、強行したのです。

「……つまり、シリル団長。基本的にフィーアは、他人に悪感情を抱かせるタイプではありませんので、大聖女様の生まれ変わりだと信じたい住民たちに対して、思うままに行動してもらえばいいと思います。上手くいけば、住民たちは騎士を、そして公爵家を受け入れるようになるかもしれません。何と言っても、数十年前までは、両者の関係は険悪ではありませんでしたから」

「ええ、分かっています。両親がこの地を治めるようになるまでは、住民と騎士の仲は良好だったということは。だからこそ、私が両者の関係を良好なものに戻さなければと考えています」

生真面目に語るシリル団長を見て、私はうんうんと頷いた。

シリル団長が領主様なら、大丈夫だと思いますよ。

領主としての責任感を持ち、誤りを認めることができて、改善しようと行動することができるシリル団長なら、きっと上手くいくはずです。

「フィーア、あなたはそれでよろしいのですか？　当初の想定以上に大変な苦労をすることになると思いますが……」

最後にシリル団長が心配そうな表情で、確認するように聞いてきたけれど、私はにこりと微笑むと元気に返事をした。

「もちろんです！　大聖女様の生まれ変わりだなんて、適役だと思います」

なんたって、本人ですからね！

ふっふっふっ、私以上にこの役を演じられる者はいませんよ！

「……頼んでいる立場でなんですが、ほどほどでお願いします。あくまでお美しく、至尊のご存在でいらっしゃる大聖女様なのですからね」

「ほほほ、まかせてください、シリル団長」

私は自信満々に返事をしたけれど、シリル団長からは大きなため息で返された。

どういうわけか、カーティス団長までため息をついていた。

◇　◇　◇

サザランド訪問前半にして、私にはとても大きなお役目が回ってきた。

『美しくて、気高くて、慈愛に満ちた大聖女様』を演じるという大役だ。

うんうん、適役だわ、と心から思う。

何たって本人なのだから、私以上にこの役を務められる者なんて、いるはずがない。

前世の私は『大聖女』の尊称を戴いていたことだし、皆から敬われていたと思う。

それから300年が経過した現在、時の流れとともに大聖女の姿が実際よりも美化されたのか、ありのまま伝えられているのか、もしくは大したことがない存在だったと言い伝えられているのかは分からない。

分からないけど、この地は大聖女信仰が強いってことだから、悪くは言われていないはずよね？

……あれ、だけど、最近の聖女は歪んでいるし、それでも皆が受け入れているということは、たとえ歪んだ大聖女像が伝わっていたとしても、そんなものだと受け入れられているのかしら？

待って、待って！　私はきちんと常識が身についた、いい子でしたよ。

護衛騎士のカノープスだとか、親衛騎士団長だとかに、厳しくきっちりと教育されましたからね！

私は意識して背筋を伸ばすと、きりりとした表情を作って鏡を見た。

……あら、私って案外真顔がいけるのかしら？　なかなか精悍な表情じゃないの。

そう思いながら満更でもない気分で鏡を見つめていると、後ろから声を掛けられた。

「……フィーア、あなたの中の大聖女様像がどのようなものか分かりませんが、大聖女様はもう少し穏やかな表情をされるのではないでしょうか？　それとも、何事かに……あるいは、世界の全てに怒っている設定なのですか？　あなたの表現で言うと、『聖女様が歪んでしまっている』ので、そのことに憤っているということですか？」

鏡越しに私を見ていたシリル団長が、言いにくそうに言葉を差し挟んできた。

「シリル団長、言いがかりはよしてください！　私はきりりとした精悍な表情を作っているんですよ。何事に対しても怒ってなどいません。どうです、立っているだけで気品と気高さに溢れているでしょう？」

「……私はそういったものに疎いので、感じ取ることはできませんが、カーティスならば的確に表現してくれるでしょう」

シリル団長は明言を避けると、さらりとカーティス団長に私を表現する役を変わった。

「なっ！　シリル団長！　あなたに表現できないものを、私に表現できるわけがないじゃないですか！　……あー、フィーア、何というか……赤い髪をした、怒った表情の騎士が見えるよ」

「そのまんまじゃないですか！　カーティス団長は、目に見えないものを想像力で読み取ろうとする力が欠けていますもの！　というよりも、私はそもそも怒っていませんからね！　きりりと表情を引き締めているだけです」

正しい主張をしているというのに、シリル団長とカーティス団長は私の言葉を肯定することなく、微妙な表情を浮かべていた。

……駄目だ、この2人は。感応力が低すぎて、とても私の気高さを感じ取れないようだわ。

私は早々に、この2人を見限ることにした。

社交辞令的な退出を詫びる言葉を述べると、シリル団長の執務室を後にする。

それから、割り当てられていた部屋に戻ると、旅行鞄から水色のワンピースを引っ張り出した。

大聖女の役をするのならば、騎士服でない方がいいだろうと思ったのだ。

着用してみると、少し皺が寄っていたけれど、気になるほどではない。

膝下までのふんわりとしたスカートで、普段履きのブーツにも違和感なくマッチした。

私は一度くるりとその場で回転し、スカートのひるがえり具合を確認すると、満足して部屋から出て行った。

シリル団長の執務室の前を通ると、中からぼそぼそと声がしたので、まだ2人で話し込んでいるようだった。

邪魔をしない方がいいと思い、館の執事に「団長はお忙しそうなので、声を掛けずに外出します。街に行きます」と伝言を残して、その場を後にした。

もちろん、直接声を掛けなかったのは、あの２人がお目付け役としてつくと、街歩きが窮屈になりそうだと考えたからでは決してない。

……よしよし、やっと、デズモンド団長の軍資金が役に立つわね。

そう思いながら歩いていると、私を見つけた住民たちが、嬉しそうにわっと駆け寄ってきた。

「大聖女様！　おかえりなさいませ、大聖女様！」

「お待ちしておりました、大聖女様！」

「おかえりいただいて嬉しいです、大聖女様！」

誰もが嬉しそうな笑顔で、我先にと話しかけてくる。

まぁ、大聖女の生まれ変わりかもしれないと族長に言われたのは、つい先ほどだというのに、もう広まっているのかしら？

少し驚きながらも、ああ、やっぱり、ここの住民たちには笑顔が似合うなと、彼らの笑顔を見ながら思う。

陽気で気のいい離島の民。彼らは笑っている姿が、一番良く似合う。

私もつられて笑顔になりながら、ちょっと困ったように返事をする。

「歓迎してくれて、ありがとうございます。でも、私が大聖女様かは、まだ分からないんですよ。私には聖女の力はありませんし、大聖女様だった時の記憶もありませんから」

ここで難しいのは、私が演じるのは「大聖女」ではなく、「大聖女だったかもしれない者」だということだ。

あくまで、「かもしれない」の範囲内で過ごさなければならない。

結末をどうするかについては話し合っていないが、きっと、「かもしれない」のまま去るのがベストじゃあないだろうか。わざわざ「大聖女ではなかった」と結論付けて、がっかりさせる必要はないと思う。

どのみち、私が大聖女の生まれ変わり役を演じ切ったとしても、誰もが今の私には聖女の力がないと思っているので、困った事態にはならないはずだ。

住民たちは、「大聖女だったかもしれない者」が還ってきたね、色々と歓迎してお返しできてよかったね、と満足するだろうし。

シリル団長やカーティス団長は、私が大聖女の生まれ変わりなんて最初から信じていないから、この地を離れたらこれまで通りだろうし。

それに、魔人は人間とは全く交わらずに生活しているから、この地でちょっとくらい騒がれたとしても、噂話程度のものを聞き及ぶなんて、通常では考えられない。

そもそも、魔王の右腕に言われたのは、『聖女として生まれ変わったら、必ず見つけ出し、また、同じように殺す』ってことだし。

だから、現在の私が聖女だって誰一人思ってもいない現状は、全く問題ないはずよね？

……そう思い巡らせながら、本当に大丈夫よね、どこかに漏れはないかしら、と考え込んでいると、近寄ってきた住民たちから笑顔で話しかけられた。

「ふふふふ、そう難しく考え込まなくても大丈夫ですよ。もっとも、私は間違いなく、大聖女様だと思いますけどね」

「うん、私も大聖女様だと思います。それにしても、お美しい髪ですねぇ！　本当に暁の色をしている！」

陽に当たりきらきらと輝く赤い髪を、住民たちは褒めてくれた。

「え、そ、そうですか？　ありがとうございます」

嬉しくなって、思わず皆と一緒ににこにこと笑っていると、年配の女性から震える手で、手を握られた。

「大聖女様、ようこそお戻りくださいました。このような時期に、ありがとうございます」

「このような時期？」

こてりと首を傾げると、涙ぐんだ表情で見返された。

「……いいえ、なんでもありません」

お祭りの時期、つまり300年前に訪問したのと同じ時期って意味なのかしらと思いながら、ぎゅっと手を握り返す。

「ここは美しい場所ですね。海も森も街も、全てが美しいなんて。訪問できて、よかったです」

「……私たちも、大聖女様をお迎えできて幸せです」

年配の女性はもう一度ぎゅっと手を握ると、深々と礼をして去って行った。

何ともなしに見送っていると、今度は同じ方向から、子どもたちが走り寄ってくるのが見えた。

一昨日、バジリスクから助けた子どもたちだ。

「大聖女様ぁ！」

言いながら、次々と抱き着いてくる。

「ふふふ、子どもたち！　あれから森には行っていないでしょうね？」

子どもの一人を抱え上げて尋ねると、ぶんぶんと大きく首を縦に振ってくる。

「大聖女様に助けてもらったから、この命は大事にするの！　危ないことはしない！」

「まぁ、おりこうさんねぇ」

言いながら、抱えていた子どもを地面に下ろすと、残りの子どもたちが足に抱き着いたままにこにこと笑い出す。

「大聖女様ぁ！　本物の大聖女様だったんだね！　僕、海で見た時には、もう分かっていたよ！」

「僕も！　僕も、分かっていた！　だって真っ赤な髪をしていたんだもの。あかつ、き、……の色をしているなら、それは大聖女様だって母さんが言っていたもの」

……なるほど。ほとんど髪色だけで、大聖女って認定されるのね。

そうして、それが正解だなんて。世の中は単純にできているのかもしれないわね。

私はふふふと笑うと、子どもたちと手をつないで歩き出す。

「よぉし、だったら大きくなるために、大聖女様とご飯を食べるわよ！　さぁ、何が美味しいか教えてちょうだい」

「うん！　一番おいしいのは、あれ！　色んな果物を焼いて、砂糖をかけたやつ！　どの果物でもおいしいから、好きなのを選んで！」

子どもたちが指差した先にあるお店には、赤、黄、緑といった色とりどりの果物が並べてあった。

「まぁ、確かに美味しそうね！」

私は子どもたちに同意すると、一番初めに目についた真っ赤な果物を食べることにした。

それから、デズモンド団長の軍資金が潤沢にあるのを思い出し、子どもたちにも大盤振る舞いする。

「さぁ、あなたたちも選んでちょうだい。これは私が発見したことなんだけど、一人で『美味しい！』と食べるよりも、皆で『美味しい、美味しい!!』と食べる方が、食べ物は美味しくなるのよ」

そう言うと、子どもたちは嬉しそうに思い思いの果物を選び始めた。

赤、黄、緑、オレンジ……果物の色は目にも鮮やかで、見ているだけで楽しくなる。

子どもたちが全員受け取ったのを確認すると、店主に値段を尋ねる。

「おいくらですか？」

「へっ？　……い、いりません、いりません！　大聖女様からお金なんて、いただけませんよ!!」

店主は大袈裟なくらい手を振って、断ってきた。

けれど、私としては払わないわけにはいかない。

「いや、そうは言われましても。まだ、私が大聖女様の生まれ変わりだと、決まったわけでもありませんし、お支払いさせてください」

「無理です、無理です！　お代をいただいたりしたら、私は家内から家に入れてもらえません！」

「いや、そんな馬鹿な……。というか、これじゃあ私は、大聖女様の名前を騙った、物もらい詐欺じゃあないですか！　私の方こそ、うちの団長に館に入れてもらえませんよ！」

清廉なシリル団長の顔を思い浮かべ、必死になって言い募っていると、周りの住民たちから逆援護射撃を受ける。

「駄目ですよ、大聖女様。果物屋のおかみは、本当に怖いんですから！」

「ここの親父は入り婿ですからね！　本当に家から追い出されますよ!!　ここは、親父さんの顔を立ててやってください」

「えええええ！」

けれど、多勢に無勢で押し切られた私は、デズモンド団長の軍資金を使うことなく、その店を後にする形となった。

子どもたちはにこにこと、「大聖女様、おいしい！」と言っているから、まぁいいのかしら？

微妙な気持ちで砂糖果実にかじり付いたけれど、かじった瞬間に目を見張る。

さくりとした感触は面白く、味は甘酸っぱくてとても美味しい。

「ほわぁ、本当に美味しいわね！　うわぁ、果物の味も美味しい」

子どもたちと美味しさを語り合いながら歩いていると、今度は、黄色い看板を出したお店を子どもたちが指差した。

「大聖女様、琥珀飴！　琥珀飴のお店ですよ！」

「ここの親父さんは琥珀飴を作るのが、すっごく上手なんです！　どんな形でも作ることができます！」

「ふーん？」

琥珀飴って、琥珀色の飴ってことかしら？

子どもの頃に参加したお祭りはどれも規模が小さかったから、限られたお店しか出店していなかったし、初めて見るお店だなぁ、と思いながら注文してみることにする。

「大聖女様！　では、僭越ながら、大聖女様を作らせていただきます！」

店主の張り切った声に、私はこてりと首を傾げた。

私を作る……？　どういうことかしら？

不思議に思って見ていると、店主は背筋を正して腕を伸ばし、鍋に入っているどろどろの液体状になった飴を鉄板の上に注ぎ始めた。

どうやら液体の飴で、鉄板の上に絵を描くようだ。

店主は器用に鍋から流れる飴の量を調整することで線の強弱をつけ、迫力のある絵をみるみるうちに描いていく。

しばらくして手を止めた店主は、自分の作品を見て満足げに頷くと、棒をぽんと飴の上に載せた。

冷えた鉄板の上で飴はすぐに固まったようで、店主は得意げにできたばかりの琥珀飴を私に手渡してくれた。

「大聖女様、できました！　大聖女様に少しでもたくさん食べてほしくて、大きく作ってみました！」

「…………………」

私はとってとなる棒の部分を握り、渡されたばかりの琥珀飴を、じとりと眺めた。

……確かに店主はお上手です。ほんの短い時間で、大聖女を描いた飴を作るなんて、素晴らしいと思います。

けれど、……大きく作る必要は、なかったんじゃないかしら？

ドレスを着た髪の長い女性が姿勢よく立っている姿を描いた飴は、本当に見事な出来ではあったけれど、いかんせんその体形がぽっちゃりを通り越して、ぼちゃぼっちゃりだ。

「……私は、たまにお腹がぽっこりすることはありますけど、基本的に細いんですよ」

「え？　何か言いましたか？」

「……す、素晴らしい出来ですね、と言いました。店主、どうもありがとうございます」

大人な私が笑顔でお礼を言うと、店主は嬉しそうに笑った。

その誇らし気な笑顔を見て、仕方がないなと小さく笑う。

ええ、私は今、慈悲深き大聖女様ですからね。これくらいの些事には目を瞑りましょう！

そして、私は大聖女様役も大変だなと思いながら、飴を手にした子どもたちとともに、琥珀飴の店を後にしたのだった。

◇　◇　◇

そんな感じで子どもたちと色々なお店を回ったけれど、結局、どのお店も私にお金を払わせてはくれなかった。

毎回、お店の前では、「払います」「勘弁してください」の押し問答が繰り返されるのだけれど、最終的には周りの住人たちに「店主の気持ちを汲んでください」と押し切られる。

見事な連携プレイだわ、と思いながら、私は何度目かの敗北を喫した。

私と一緒にお店の商品を食べ続けていた子どもたちは満腹になったようで、「大聖女様、美味しかったです」と言うと、目元をこすりながら帰って行った。

どうやら、お昼寝の時間のようだ。

折よく、囲まれていた住民たちの輪から抜け出した私は、新たなお店を探して、路地の奥深くに向かって歩いて行った。

すれ違う住民たちは、物珍しそうに私の赤い髪を見てくるけれど、次の瞬間には何も言わずに目を逸らす。

……どうやら、ここら辺にはまだ、私が大聖女の生まれ変わりだって話は伝わっていないようね。

よしよし、だったらここら辺で買い物をして、今度こそお金を払うわよ。

そう思いながら辺りを見回していたところ、壮年の男性と目があった。

その男性は、はっとしたように近付いてくると、「あちらに美味しいものがありますよ」と路地裏のさらに奥を指さした。

見た感じ、お店がありそうな雰囲気はなく、なぜだか突然、『美味しいものをあげるという人に、ついて行ってはいけません』というシリル団長の教えが頭に蘇った。

あ、これはついて行ってはいけないやつじゃあないかしら？

そう思った私は、ゆるく首を振ってお断りする。

「ありがとうございます。でも、ちょうど休憩しようと思っていたところなので、大丈夫です」

すると男性は、焦れたように腕を摑んできた。

「ぴょ、病人がいるんです！　助けてください!!」

病人！　それなら話は別だわ!!

慌てて男性と一緒に路地裏の奥に走って行くと、曲がった先の道に数名の男性が待っていた。

元気そうに見えるけれど、この人たちが病人なのかしら、と不思議に思って見ていると、横から伸びてきた手で顔の下半分を押さえられた。

驚いて口元を見ると、布が押し付けられており、『あれ？』と思って、私の口元に布を押し付けている男性を見つめる。

そのまま、1秒、2秒、3秒……

「ど、どうして、意識を失わないんだ！　これは、即効性の麻酔効果があるんじゃなかったのか!?」

私を押さえていた男性は、耐えられないとばかりに私から目を逸らすと、仲間に向かって怒りの声を上げた。

……どうしてって、私は聖女ですからね。

そんな弱々しい状態異常なんて、自動で解除しますよ。

私は私の口元を押さえていた腕をがしりと掴むと、口元から布と腕をどかした。

そして、その場にいた5人の男性を一人一人見つめながら尋ねる。

「それで、病人はどこにいるのでしょうか？　もし、あなた方の勘違いで、病人がいないというのであれば、私は買い物に戻りますけど？」

「あ……それは、いる……のだが………」

「……その………」

なぜだか、言いにくそうに男性たちは言葉に詰まった。

私はこてりと首を傾げると、彼らに尋ねる。

「ええと、私の意識を失わせて、病人がいる場所に運ぼうとしたんですよね？　今なら、案内してくれれば、自分の足で歩いて行きますよ。まぁ、私はそう体重が重い方ではないので、そこまでのお得感はないのかもしれませんが、少しはお得ですよ？」

先ほどの琥珀飴の印象が残っているようで、聞かれてもいないのに、つい、体重の軽さをアピールしてしまう。

「それはそうなのだが、……ど、どうして、あんたはそう親切なんだ？　オレらはあんたを攫おうとしたよな？　普通は、ここで逃げ出すんじゃないか？」

言い募る男性を見て、私はやっぱりねと思う。

……やはり、この5人はまだ、私が大聖女の生まれ変わりという話を聞いていないのだわと。

先ほどの住民たちの態度を見ても分かるように、私が大聖女の生まれ変わりだと聞いているなら、もっと丁寧に扱うはずだ。

そして、現在の私には聖女の力がないことも聞いているだろうから、そもそも病気を治療するために攫おうとはしないだろう。

つまり、彼らの行動は、私の髪色を見て衝動的に行った、行き当たりばったりの行動に違いない。

『伝説の大聖女と同じ髪色をしているから、もしかしたら聖女の力があるかもしれない』とか、それくらいの低い可能性にかけた衝動的な行動なのだろう。

それにしても、聖女かどうかも確かめないで、赤い髪を見ただけで助けを求めるなんて、この5人はとんだうっかり者なのかしら？

それとも、相当切羽詰まっているのかしら？

そう思いながら、正直に答える。

「病人がいるという話だったので、私にできることがあればお手伝いしようと思いまして。えーと、それとも、私を攫って悪いことをしようと思っていたんですか？　それなら、逃げますけど」

言いながら、男性たちが腰に差している剣をちらりと見つめる。

……確かに、騎士でもないのに立派な剣を携えているわよね。

「「し、しません！　悪いことなんて、決してしません!!」」

男性たちは慌てたように手を振って否定すると、皆で困ったように一人の男性を見つめた。

すると、皆から見つめられた男性は少し逡巡した後、私の前まで歩いてきて丁寧に頭を下げた。

「乱暴なことをしようとして、申し訳ありませんでした。族長の孫でエリアルと申します。病人というのは、オレの娘でして、診てもらえるとありがたいです」

エリアルと名乗った男性は、20代半ばくらいだった。

褐色の肌に紺碧の髪色という、離島の民の特徴を色濃く漂わせた風貌をしており、緊張しているかのように骨ばった指で顎を摑んでいた。

……緊張しているということは、悪いことをしているという自覚があるのね。

　そう思いながら、私もお返しに自己紹介する。

「初めまして、フィーア・ルードです。はい、ご一緒します。次からは、まず言葉でご説明くださいね」

　私の言葉を聞くと、5人の男性は申し訳なさそうに、ぺこりと頭を下げた。

　……礼儀正しくはあるし、そう悪い人たちじゃあないようね。

　ちらりと5人の男性を見つめながら、私は口を開いた。

「ええと、今後のために一言だけ言っておきますと、（あなた方が悪人だった場合でも聖女の力で逃げ出せるので）私は同行しますが、普通は、最初に口を塞がれた時点で、怖がってついていきませんからね」

　男性たちは黙って私の言葉を聞き終わると、「あなたが珍しいタイプであることは、承知しています」と返してきた。


　――――男性たちに案内されたのは、海岸沿いにある洞窟だった。

　入り口こそ狭いけれど、中は進むにつれて広々としてくる。

　どんどんと奥に進んでいくと、広い空間に出た。

　目を凝らして見ると、その空間の半分程のスペースに、50人程の人が寝かされていた。

　遠目からでも病人だと分かり、苦しそうに荒い息をしている。

思わず近付いて行くと、弱々し気に投げ出された手足に、はっきり分かる程の黄色い紋が浮き出ていた。

「これは……」

私は驚いて、思わず声を上げた。

病人の手足に浮き出た黄色い紋、荒い息、発熱。この症状は……

黙り込んだ私の横で、エリアルが心配気な表情でちらちらと見つめてきたけれど、突然、はっとしたように洞窟の入り口に向き直った。

それから、エリアルは目を眇《すが》めると、大声で叫んだ。

「何者だ!?」

エリアルの恫喝するような声に驚いて振り返ると、15メートル程先の入り口方向に黒い人影が見えた。

薄暗い洞窟では誰なのか判別しにくかったのだけれど、松明の明かりに照らされ、きらりと光った肩口は騎士服のように見受けられた。

思わず身を乗り出して見てみると、その人影はゆっくりと岩陰から姿を現した。

顔立ちは陰になっていてよく分からなかったものの、肩につく長さの水色の髪に見覚えがあり、思わず名前を叫ぶ。

「カーティス団長!?」

……え？　ど、どうして、ここにいるの？

もしかして、どこかで私がエリアルたちと一緒にいるのを見て、心配して付いてきたのかしら？

驚いて目を見張った私の視線の先で、カーティス団長は緊張した面持ちで剣を抜くと、無言で歩を進めてきた。

「え？　カ、カーティス団長、落ち着いてください！　剣をしまってください！」

突然の有無を言わせぬ行動に驚き、慌てて制止を呼び掛けたけれど、カーティス団長は聞こえていないかのように剣を握りしめたまま、力強い足取りで進んでくる。

その普段とは異なる、好戦的な態度に違和感を覚え、まじまじとカーティス団長を見つめる。

すると、カーティス団長は何事かを決意した表情をしたまま、少し焦ったようにちらりとこちらを見た。

その視線を受け止めた私は、はっとする。

……そういえば、カーティス団長はこの地の騎士団長だったわよね。

つまり、この地の責任者で、なのに、団長があずかり知らぬところで、住民たちが集まって何事かをしていたら、それは不穏なものを感じるわよね。

カーティス団長が心配するようなことは何も起こっていないと、安心させようとしたけれど、私が何事かを口にするよりも早く、エリアルの誰何《すいか》の声を聞いた住民たちが、ばらばらと集まってきた。

私を案内してきた5名に加えて、洞窟の見張りを行っていた男性たちまで、数名集まっている。

彼らは足早に近寄ってきたかと思うと、腰に差していた剣に手を掛けた。

「騎士一人で何ができる!?　こちらは自警団で長年、実戦を積み重ねてきた者ばかりだ!!」

男性たちは好戦的な表情で叫ぶと、自ら間合いを詰めだした。

「え?　あ、あれ、不戦の誓いはどこにいったんですか!?」

慌てて住民たちに向かって尋ねるけれど、住民たちは聞こえていないかのように、まっすぐカーティス団長だけを見つめていた。

……ま、まずいわ。

どうやら、多くの病人を背後に抱えている住民たちは、この病人たちを守ることが第一の目的になってしまっているようだ。

そして、病人を守ろうとする気持ちが強すぎて、誰とも争わないという不戦の誓いまで忘れ去っているように見える。

私は焦ってカーティス団長に向かって走り出したけれど、数歩も進まないうちに、エリアルに腕を取られた。

海の男の力強さなのか、騎士団で鍛えているはずの私が動けなくなる。

「エリアル、離してちょうだい!」

私は鋭い眼差しでエリアルを見つめると、強い口調で言い切った。

このままカーティス団長とエリアルたちを戦わせてはいけない、と思う。

どんな結果になったとしても、互いに傷が残るもの。

そう思い、エリアルの腕から逃れようとしている間に、数人の住民たちがカーティス団長に向かって走り出してしまった。

住民たちはあっという間にカーティス団長を取り囲むと、無言で剣を抜き始めた。

対するカーティス団長も、無言で剣を構える。

一瞬にして、緊張を孕んだ沈黙が洞窟内に落ちた。

耳に痛いほどの沈黙を破るかのように、初めに動いたのは、カーティス団長の背後に位置していた住民だった。

無言のまま一気に間合いを詰めると、上段から剣を振り下ろす。

振り返りざま、真横から流す形で相手の剣を振り払ったカーティス団長だったけれど、そのタイミングを見計らったかのように、右と左に位置していた住民2人から、同時に剣を突き出される。

がきん、がきんと、剣と剣がぶつかる斬撃の音が洞窟内に響き渡った。

カーティス団長の死角を狙うかのように、前から、横から、後ろから剣が突き出され、あるいは、振り下ろされる。

多数対1というのは、圧倒的な実力差がない限り、どうしようもない。

そして、カーティス団長は騎士団長ではあるけれども、他の団長たちのように圧倒的な剣の腕を持っているようには見えなかった。

　果たして、カーティス団長には住民たちから繰り出される全ての攻撃を避け切ることは不可能で、何度目かの斬撃を防いだ後、左腕が切られて鮮血が飛び散った。

「カーティス団長!!」

　思わず大声で叫びながら、私はエリアルに掴まれていた腕を無理やり振りほどくと、カーティス団長に向かって走り出した。

　その間にも、カーティス団長に向かって剣が突き出され、そのうちの一本が団長の背中を刺し貫く。

　さらに、肩と首に切りつけられ、空中に鮮血が飛び散った。

「やめて！　やめてください!!」

　私がカーティス団長の下に駆け付けた時には、既に団長の体には何本もの剣が刺さっており、血を吹き出しながらゆっくりと地面に倒れ込むところだった。

　その瞳が混濁の寸前のような、濁った色に変わる。

「カーティス団長、しっかりしてください!!」

　必死に叫ぶと、団長は傾きかけた体を、剣を地面に突き立てる形で持ち直した。

　けれど、既に意識が混濁し始めているのか、私を見つめるカーティス団長の瞳は、正しい像を結べていないようだった。

「……フィー……様、……お下がりくだ……」

カーティス団長はとぎれとぎれに呟くと、もうそれ以上は体を保っていられないとばかりに、ずるりと足元から崩れ落ちていった。

「カ……、カーティス団長!!」

私の叫び声とカーティス団長が地面に倒れ込む音が、同時に響き渡る。

体中を鮮血に染めて倒れ込んだカーティス団長からは、新たな血液がどくどくと流れ出し、その血液が辺りの地面を真っ赤に染め始めた。

青白いカーティス団長の閉じられた瞳に向かって、私は手を伸ばした。

「カーティス団長!!　目を開けてください!!」

――――私の叫び声が洞窟中に木霊したけれど、返る言葉はなかった。

【SIDE】護衛騎士カノープス（300年前）

——自分の罪は、自分が一番良く分かっている。

残された長い時間の中、繰り返し、繰り返し、あの時、あの方の隣にいなかった自分を後悔する。

けれど、悔いても、嘆いても、懇願しても、祈っても、何も変わりはしない。

大事なものを失うのは、一瞬で。

二度と、決して、取り戻すことはできないのだ。

あの輝くような暁色の髪も、慈愛に満ちた微笑みも、柔らかな声も、全ては失われてしまった。

私の人生に、もはや救いはない——………

◇　◇　◇

——夢を見ていた。

ここことは少しだけ異なった世界で、再びあの方にお仕えする夢だ。

……ああ、これは夢だと、自分でもはっきりと分かる。あるいは、私はやっと死ねたのかと。

あの方は変わらぬ赤い髪、金の瞳で、楽しそうに笑っていた。

それを見た私の両眼から、涙が零れ落ちる。そんな資格はないというのに。

……ああ、これは、私が守れなかった景色だ。

二度と取り戻すことができない、残酷で美しい景色。

──繰り返し、繰り返し、誓い続けた同じ言葉を、もう一度と繰り返す。

『もう一度、あなた様にお仕えできるのならば、今度こそ、誰からも、何からも、この世の全てから、あなた様をお守りいたします』

夢の中のあの方は、私の言葉を聞くと、嬉しそうに微笑まれた。


「──カノープス!」

名前を呼ばれ、はっとして目を開く。

半身を起こすと、自分の汗で夜着がぐっしょりと濡れていることに気付く。

心臓は、狂ったように早鐘を打っていた。

「お前、泣いているのか?」

驚いたように問いかけられ、目元に手をやる。

指先が触れた目元は確かに濡れていて、そのことに驚きを覚える。

――自分が泣いた記憶など、何年もなかったから。

「……夢でも見たのかもしれないな。覚えてはいないが……」

そう同室の騎士に返すと、私はベッドから離れた。

実際、涙したというのに、夢の内容は全く覚えていなかった。

「はは、今夜のお前を暗示しているんじゃないのか？　どうせ、第二王女殿下に振られて、夜には枕を涙で濡らすんだろうから」

2歳年上の同室の騎士は、面白そうに話しかけてきた。

私は騎士服に着替えながら肩をすくめると、平静な声で返す。

「それは私に限ったことではない。100名近い騎士が、今日は振られるだろうからな」

「違いない。振られる権利があるだけでも、お前は恵まれているさ」

軽口をたたき合いながら部屋を出て、食堂に向かう。

今日は、第二王女が護衛騎士を選定される日だ。

私はありがたくも、100名からなる候補の一人に選ばれていた。

候補のままで終わることは、誰の目にも明らかだったが……

――私はナーヴ王国の騎士で、カノープス・ブラジェイという。

この大陸の南に位置する離島出身の一族だ。

成人するまで一族の仲間たちとサザランドの地で暮らしていたが、どうしても騎士になりたくて13の歳に王都へ出てきた。

王都はサザランドの地と違い、離島の民がほとんどいなかった。

だから、褐色の肌に水かき付きの手を持つ外見は、気味悪がられ差別された。

初めのうちは憤りを覚え、言い返したりしていたが、差別されることも繰り返されると慣れてくる。

言い返しても、何も変わりはしなかった。そのため、沈黙する癖が身に着いた。

ありがたいことに私の剣の腕と礼儀作法は評価され、王都に出てきた年に騎士へと任用された。

けれど、離島出身の平民ということで、「その他大勢」の騎士たちから抜け出ることは叶わなかった。

――そんな私に転機が訪れたのは、17歳の時だ。

その日、私は多くの騎士とともに、城の広間に集められた。

第二王女が護衛騎士を選定されるためだ。

100名を超える騎士たちが広間に集められ、その中から王女が一人の護衛騎士を選定することになっていたが、既に選ばれる騎士は決まっているとのことだった。

それも当然だと思う。

常に王女の側に控え、有事の際には命を懸けて守るべき役割の騎士だ。

身元のしっかりした者を、前もって選んでおくのは当然のことだろう。

ただ、その役割が、高位貴族の子弟にしか与えられないのが口惜しい。

身分の低い者の中にも、忠誠心が高く腕が立つ者はいる。

いつか、そのような者たちが選ばれる世の中になってほしいと私は思った。

そんな風につらつらと詮なきことを考えていると、時間となったようで、正面の大扉から大勢の人間が入室してきた。その場にいた全員が、頭を下げる。

しばらくして、頭を戻した私たちの前に現れたのは、幼くも愛らしい王女殿下だった。

第一王女と同じく深紅の髪を持った第二王女は、その髪色から強力な力を持った聖女に違いないと思われた。

数段高い壇上に立った王女は、その場で希望する護衛騎士の名を口にするかと思われたが、皆の想定を裏切って壇上から飛び降りると、ちょこちょこと私たちに近寄ってきた。

それから、ぱあっと顔を輝かせ、可愛らしくお辞儀をしてきた。

「はじめまして、第二王女のセラフィーナです。今日は、私のごえーきしを選びます」

くすくすと笑いながら、私たちの前をちょこちょこと歩き回る王女は、非常に可愛らしかった。

ほほえましく思って見ていると、王女は私の前でぴたりと歩みを止め、驚いたように見上げてきた。

「……あなた、すごく強いのね。お名前はなぁに？」

「はい、カノープス・ブラジェイと申します」

突然話しかけられたことに驚きはしたものの、冷静さを装って答えると、王女は嬉しそうににこりと笑った。

「カノープス、私のごえーきしになってくれませんか？」

私は驚いて硬直した。

他の騎士たちも、離れたところに控えている高位の文官たちも、驚いたように硬直している。

けれど、すぐに文官たちが王女の元に走り寄ってきた。

「で、殿下、違いますよ。殿下の護衛騎士はこの者ではありません。さぁ、覚えているお名前をおっしゃってください」

「おとー様からは、好きな者を選んでよいと言われました」

「そ、そ、そうかもしれませんが、私どもがお示しした名前は参考ではありますが、今までの殿下方は皆様その参考を選ばれております。参考を選ばれることがよろしかろうと思われます」

「だ、第一、その者は離島の民ではありませんか。王女の騎士となるには家格が足りません」

文官たちは必死に言い募っていたけれど、王女は気にした風もなくにこりと笑った。

「助言をありがとう。でも、私はカノープスがいいの。……カノープス、私のごえーきしになってくれませんか？」

王女はもう一度同じ言葉を繰り返すと、きらきらとした目で見つめてきた。

ちらりと文官に目をやると、恐ろしい表情でぶんぶんと首を横に振っている。

けれど、それこそ現実的ではないだろう。

王女の護衛騎士に選定される目的で参集している私が、王女からの要請に、否と答えられるわけがない。

私は片膝をついて跪くと、騎士の礼を取った。

「私、カノープス・ブラジェイは、セラフィーナ・ナーヴ第二王女殿下の騎士として、私の全てをお捧げします。どうか、私の王女殿下に栄光と祝福を」

そう言って頭を下げると、王女のドレスの裾に口付けた。

王女は私の言葉を聞き終わると、にこりとして後ろを振り返った。

すると、王女の後見役である騎士団副総長が、立派な一振りの剣を手に持って近付いてきた。

「王族の護衛は命を懸ける仕事だ。決して命を惜しむな」

副総長はそう言うと、私に剣を手渡した。

「この剣をもって、お前をセラフィーナ第二王女殿下の護衛騎士に任ずる」

受け取った剣は、ずしりと手に重かった。

副総長の睨むような視線の強さからも、第二王女をどれだけ大切に思われているかがうかがい知れる。

——私は、とても重要なお役目を拝命したのだ。

身の引き締まる思いと共に、この役目を与えてくださった王女に心から感謝した。

幼さゆえに世のしがらみを理解していないのかもしれないが、それでも、これまでの慣習を断ち切り、予め定められていた高位貴族の子弟ではなく、何の後ろ盾もない私を選んでくださったことに対して。

それは、つい先ほど、『いつか』『そのような世の中がくればいい』と望んだ、理想の未来像だった。

現時点ではとても実現不可能だと思っていた事象を、この幼い王女は、目の前で現実のものとされたのだ。

……ああ、私がお仕えするのは、現実を切り開く力をもたれた、尊ぶべき王女だ。

そう考えると、何とも言えない高揚感が、身の内から湧き上がってきた。

『誠心誠意、王女にお仕えしよう』

私はそう、心に誓った。

――こうして思いもよらないことに、私は王族の護衛騎士に抜擢されたのだった。

そして、それから10年もの間、私はセラフィーナ様の護衛騎士を務め、王女は16歳になられた。

セラフィーナ様はすくすくと育ち、深紅の髪に金の瞳の美しい女性に成長された。

15の歳にはその強大な能力と、これまでの貢献が認められ、我が国始まって以来の「大聖女」の称号を贈られた。

そのため、大聖女となられたセラフィーナ様は、これまで以上に過密なスケジュールをこなすことを余儀なくされた。

セラフィーナ様の生活は、朝から夕方までびっしりと管理されている。

その中には、連日のように魔物討伐が組まれていたり、一日で10もの救護院を巡る行程が組まれていたりと、過密すぎるように思われるものもあったけれど、セラフィーナ様が文句を言うことはなかった。

そして、セラフィーナ様のスケジュールは、1年前には全てが決められていた。

そのため、有力者の案件だろうが、急ぎの案件だろうが、直前に新たな案件を差し込むことはほぼ不可能だった。

――その日、私は私室でサザランドからの特使と話をしていた。

内容は、サザランドの地で「黄紋病」がいよいよ流行ってきたので、大聖女様の来訪を切に願いたいというものだった。

黄紋病は元々、子どもの頃に誰もがかかる病気で、手足への黄色い斑紋と軽い発熱が特徴の病だった。

まれに大人になってかかることもあるが、その場合は子どもの頃よりも軽い症状で終わる。

……そんな病であるはずなのに、離島の民が相手だと勝手が違った。

離島の民が罹患すると、手足から始まった黄色い斑紋が全身に見られるようになり、高熱が続いた後に意識が混濁し、そのまま死亡してしまうという恐ろしい症状を伴った。

地元の医者は、離島の民は独自の進化を果たしているので、内地の民とは病に対する耐性が異なり、黄紋病への抗体が全くないのだろうと推測した。

実際に黄紋病に罹患した患者は、ほぼ全員が1か月程度で死亡していた。

しかも、広がり方が尋常ではないほど早く、特使がサザランドを発った時点で、1割の住民が罹患しているとのことだった。

「大聖女様の出動は、高位の文官たちの会議で決定される。私も、そして族長も、病が出始めた半年前から、何度も何度も要望を出しているが、未だに選定されない。私たちにできることは要望を出し続け、選ばれるのを待つことだけだ」

私は半年前から言い続けている、同じ言葉を繰り返した。

「内地の人間は、我々を同等の人間とは見なしていないんです！　こんな状況では、いつまでたっても選ばれるわけがありません！　現地の聖女方も、力があると有名な各地の聖女方も、誰一人我々にかかった黄紋病を治すことができませんでした！　我々の救いはもはや、大聖女様のみなのです!!　それとも何か!?　国は我々一族に、死に絶えよと言われるのか？」

特使は激昂して叫んだ。

「……私は毎日、大聖女様に同行しているが、いずれも命の懸かった案件ばかりだ。優劣がつけられないものに、高位文官の方々は順番をつけておられるのだ。お任せするしかない」

同胞として特使の気持ちが分かる私は、何とか特使を説得しようとした。

実際には、セラフィーナ様の行事の中には、式典や上位貴族向けのイベント等も含まれていたけれど、それらの政治的な行事の重さも理解できるようになっていたので、何とも答えることができなかった。

ただ、サザランドの地が致命的に遠いことは理解していた。

セラフィーナ様がサザランドまで出動される場合、往復にかかる時間も含めると3週間は必要だろう。

それほど長い期間、大聖女様を独占することがいかに非現実的かということを、大聖女様の貴重性をまざまざと目にし続けている私には理解することができた。

けれど、特使はそのようなことを理解できるはずもない。

私の胸倉を摑むと、荒らげた声を上げた。口調も乱れている。

「カノープス、お前は王城で飼われた犬になり下がったのか！　何だその他人事のような発言は!!　お前は何のために大聖女様の護衛騎士になったのだ！　お前が願えば、大聖女様は聞き届けてくれるのじゃあないのか!?」

「そうだな。慈悲深き大聖女様であらせられれば、私から嘆願すればお聞き届けいただき、高位文官たちに働きかけ、今後のスケジュールに追加いただけるかもしれない。……けれど、そのようなルートは作ってはいけないのだ。大聖女様に贔屓や特別が存在してはならない。少なくとも大聖女様のお心の内から出たもの以外には。……私は大聖女様の護衛騎士だ。あのお方のためになることにしか動かない」

「カノープス!!」

特使はぎらぎらとした目で睨みつけてきたけれど、私は無言で見返すことしかできなかった。

……どのみち、今からスケジュールに追加されたとしても、最速で1年後だ。

この病の蔓延速度を見る限り、それでは間に合わない。

1年後にセラフィーナ様がサザランドの地を訪れたとしても、残っているのは自力で病を乗り切った、数十人だか数百人だかの生き残りだけだろう。

たったそれだけの数では、民族としての伝統や誇りを受け継ぐことも難しい。

民族としての死――――それが、明確な未来として突き付けられているのだ。

……そう族長に訴え、住民たちの移住を提案した。

1か所に皆でいる現状では、病が爆発的に広がることを防げない。

次々に罹患者が出る現状では、病人を完全に隔離することも難しい。

そして、セラフィーナ様に治癒してもらうために、罹患者を全員王都まで連れてくることも現実的ではない。

だから、サザランドの地を捨て、北へ、東へ、西へと散らばってはどうだろうかと、族長に提案したのだけれど。

けれど、どれだけ言葉を連ねても、族長は頷かなかった。

黄紋病はどこにでもある病だ。

場所を移したとしても、その地にもリスクはある。

離島の民は火山の噴火により、長年住んでいた離島を離れた。

一度生地を捨てている。

故郷を捨てるのは、一度で十分だ。

それに、別れてしまっては、民族として成り立たない。

……そう静かに語る族長に、私はそれ以上言い募ることができなかった。

私は暗鬱たる気分で部屋を出ると、特使と別れた。

「あら、カノープス。何をしているの？」

運の悪いことに、セラフィーナ様と遭遇してしまい、声を掛けられた。

内心しまったと思いながらも、挨拶をする。

「これは、セラフィーナ様。知り合いを見送っていたところです。セラフィーナ様こそ、このような夜更けにお出かけとは、不用心ではありませんか？」

「まぁまぁ、勤務時間外も私のことを気にかけてくれるなんて熱心だこと。心配しなくても、騎士たちにご同行いただいていますよ」

セラフィーナ様は可笑しそうに微笑むと、後ろに控えている数人の騎士たちをちらりと振り返った――赤い騎士服を着ている、大聖女専属の近衛騎士たちを。

「あなたこそ、こんな夜更けにどなたとお話ししていたの？　秘密の恋人かとも思ったけれど、男性のようね。サザランドの方？」

セラフィーナ様はきらきらとした目で、興味深そうに尋ねてきた。

セラフィーナ様に見られたのは特使と別れた後だったけれど、特使の後ろ姿から褐色の肌と紺碧の髪が把握できたのだろう。

セラフィーナ様に色々と感づかれる前に話を終えてしまおうと、私は普段通りの顔を作る。

「はい、ありがたいことに、セラフィーナ様が大聖女となられたタイミングで、私も伯爵位とサザランドの地を拝領いたしております。それ以降、定期的にあの地の特使が報告に来るのですよ。今回も、いつも通りの定期報告でした」

「なるほどね。ふふ、でもサザランドの民も、同郷のあなたが領主になって心強いでしょうね。しかも、王国の青と白の国旗に基づいて選ばれる、たった2人の騎士のうちの一人の『青騎士』だなんて」

セラフィーナ様の言葉を聞いた私は顔をしかめると、着用している自分の騎士服を見下ろした。

大聖女専属の近衛騎士であることを示す赤い騎士服ではない――青い騎士服を。

「確かに名誉なことではありますが、私としては近衛騎士団の騎士服を取り上げられてしまいましたので、複雑ですね」

私は正直な心情を述べた。

『「青騎士」に選定されたのだから、それを誇るために青い騎士服を着ておけ』

そう近衛騎士団長に命じられて以降、私は青い騎士服を着用することが義務付けられていた。

私にとっては、セラフィーナ様に属する赤い騎士服を着ている方が、何倍も名誉なことなのだけれど。

そう考える私の気持ちを正確に読み取ったかのように、セラフィーナ様が可笑しそうに笑われた。

「ふふ、名誉ある『青騎士』であることを示すよりも、近衛騎士団であることを示したいだなんて
カノープスらしいわね。……サザランドの民は、あなたのような誠実な領主を持てて幸せね」

「もったいないお言葉でございます」

「ああ、サザランドの海はひときわ青いと言うわ。いつか私も行ってみたい」

無邪気にきらきらと目を輝かせるセラフィーナ様は、16歳相当の歳に見えた。

「私もぜひ、殿下にサザランドをご案内できればと思います」

「まぁ、約束よ。カノープス」

セラフィーナ様は嬉しそうに笑うと、騎士たちとともに自室のある方向に歩いて行った。

◇　◇　◇

サザランドで猛威を振るっている病は、悪い予想通り、収束の気配を見せなかった。

特使からは再三、セラフィーナ様の出動を要請する手紙が届き、先日の訪問からわずか2週間後に再度の訪問を受けた。

「事は悪化の一途を辿っております！　もう一刻の猶予もなりません!!　ぜひ、ぜひ大聖女様のご出動をお願いします!!」

睡眠を削って馬を飛ばしてきたのだろう。特使の目は、夜目にも血走って見えた。

「お前の気持ちは分かる。私だとて、大聖女様にご出動いただきたいという思いは同じだ。だが、大聖女様はお忙しすぎるのだ。3週間もの間占有することは難しい。そして、どんなルートで要望を出したとしても、叶えられるのは最速で1年後だ。それでは遅い。……他の方策を探るべきだ」

「国中から高名な聖女を招聘《しようへい》いたしました！　けれど、誰一人治すことはできませんでした！　大聖女様がいらしたからといって、必ずしも治せるとは限りませんが、もう他に手がないのです!!」

特使は必死になって言い募ってきた。

「黄紋病の蔓延スピードは異常です。このままでは、1年と待たずに、我々一族は死に絶えてしまう。どうか、どうかお願いします。大聖女様のご出動をお願いします!!」

特使は床に膝をつくと、縋りつかんばかりに懇願してきた。

彼の気持ちが痛いほど分かる私は、それ以上言葉を続けることができず、黙り込んだ。

特使の言う通りだ。

このままでは、我々の一族は絶えてしまうだろう。

そして、唯一の希望がセラフィーナ様だというのも、その通りだろう。

だが、セラフィーナ様はこの国で重要すぎるのだ。

セラフィーナ様しか対応できない戦闘、セラフィーナ様しか治癒できない怪我、呪い。

セラフィーナ様しかできないことが多すぎる。

3週間もの間、セラフィーナ様を占有するというのは、本当に無理な話なのだ。

打つ手が見いだせず俯いていると、遠くから馬鹿にしたような声が掛けられた。

「おいおい、廊下を塞ぐ人影があるかと思ったらお前か、カノープス。お前ら離島の民は、ただでさえ肌が黒く、夜目には見えにくいんだ。邪魔をせずに、とっとと退け！　それとも、王族の道を塞いだと、不敬罪で切り捨てられたいか」

慌てて声がした方を振り返ると、カペラ第二王子がセラフィーナ様と数名の高官を引き連れて、廊下を歩いてくるところだった。

失態に思わず口の中で小さく呻くと、特使を抱え起こし、2人で廊下の端に寄った。

……失敗した。

慌てていた特使につられて、部屋に入る時間を惜しみ、廊下で話をしてしまった。

頭を下げて通り過ぎてくれることを祈ったが、そう上手くはいかず、カペラ王子は私たちの前で立ち止まった。

「なんだ、離島の民が一人前に作戦会議か？　……はぁ、あれか？　民族が全滅した後はどうすべきかとの、事後処理についてか？　ははは、お前らもカノープスを見習って、セラフィーナの靴でも舐めればいい。そうすれば、王城での席が約束され、あんな田舎の地の病から逃れられるぞ」

初めて王族を目の前にした特使は震えあがり、これ以上はないというくらい低く頭を保っていた。

私は何と答えたものかと一瞬逡巡したが、その隙をつくように、セラフィーナ様が口を開いた。

「カペラお兄様。民族が全滅というのは、どういうことですの？」

私ははっとして顔を上げたが、目に入ったのは、にやにやと嫌らしい笑みをたたえたカペラ王子の姿だった。

「そうか、お前は知らないのか。カノープスの領地であるサザランドで、病が蔓延している。カノープスからは再三、お前の出動を依頼する請願が出ているが、毎回会議ではねられている。もちろんオレもその会議に出席しているが、誰一人サザランド出動なんて支持しやしない。お前に渡されるスケジュールは決定事項のみだから、途中で切り捨てられた要望は、一切目に入らないんだろう」

「どんな病が流行っているのですか？」

「ははは、それが黄紋病だとよ！　内地の人間ならば、赤子でも治癒する子ども用の病気だ。それが離島の民になると、罹患したらほぼ死滅するってのだから驚きだ！　しかも、稀にみるほどの蔓延速度だという。あんな赤子用の病気ですら死んでしまうなんて、どれだけひ弱な一族なのか！

つまり、離島の民はこの世界を生き延びるのに適していない体ということだ。足掻かずに、おとなしく淘汰されるのが正しい道だな」

カペラ王子の話を黙って聞いていたセラフィーナ様は、不思議そうにこてりと首を傾けた。

「離島出身者は既に、数万の民族になったと聞いています。それ程症状が重く、蔓延速度も速い病が数万の民の脅威となっているのであれば、私が出動してもおかしくはないとは思いますけれど？」

「ははっ、相変わらずお前は頭が悪い！　サザランドまでは片道10日近く必要だ。滞在期間を考えると3週間の行程になる。王都には多くの病人や怪我人がいるんだ。それらを差し置いて、お前が3週間も王都を空けられるものか！」

それでも不思議そうに首を傾け続けているセラフィーナ様を見て、カペラ王子は言葉を続けた。

「本当にお前は、1から10まで説明しないと分からない間抜けだな。たとえば、これが内地の民ならば話は違っただろうが、相手は離島の民だ。我々よりも一段下で、滅しても困らない一族だ。奴らのためにお前を動かすことは絶対にない。王城の人間は誰一人賛成しやしない。なぜなら王城の者は全員、内地の者だからな」

「……ああ、理解できました。ありがとうございます」

セラフィーナ様はぺこりとカペラ王子に頭を下げたけれど、私は奥歯をぎりりと噛みしめた。

いつもいつも、兄王子方のセラフィーナ様への態度は目に余る。

セラフィーナ様が王族としての教育をほとんど受けておらず、その時間の多くを聖女として精進することに費やしているのは、国王の決定によるものだ。

ましてや、全ての民に慈愛を持って接されるセラフィーナ様に、民族によって扱いを変更するという発想があるはずもない。

それらを全て分かったうえで、セラフィーナ様を馬鹿にしたように扱う王子方の態度を腹立たしく思うけれど、セラフィーナ様は気にした風もなく、第二王子に背を向けると特使に向かい合った。

「サザランドの方、聞かれた通り、私は私の行動を自分で決められないの。私もサザランドの地へ出動できるよう口添えしておくわ。それがどれだけ効果があるかは分からないけれど、希望を捨てられませんように」

「あ、ありがとうございます！　我々一同、大聖女様のお越しをお待ちしております!!」

特使は頭の上で両手を組み合わせると、跪いてセラフィーナ様を拝み出した。

セラフィーナ様の一言は、希望を与える。

それはいつだって、民に寄り添い、彼らの欲しい言葉を与えるからだ。

カペラ王子とのやり取りを聞いていた特使は、理解しただろう。

あの言葉が、セラフィーナ様にできる精一杯だということを。

セラフィーナ様が心からの慈悲を持って、サザランドの民を思っていることを。

——などと思っていたあの時の私は、心底間抜けだったと思う。

特使が帰ってから3日後のこと。

その日のセラフィーナ様は、朝からおかしかった。

公務の合間を見つけては、仮眠を取られる。

よほどお疲れかとも思ったが、前日は普段と比べて特に忙しいものではなかった。

今までの疲れがたまっておられたのかと心配していたところ、翌朝は日の出とともに出発すると聞かされ、早起きに対応するための仮眠だったのだと分かり安心した。

明日からは5日間の行程で、王都の隣にあるバルビゼ公爵領に出かけることになっていた。

バルビゼ公爵家は、第一王女殿下であったセラフィーナ様の姉上が降嫁された家柄だ。

訪問目的の半分以上は政治的なもので、貴族たちが見学する中、セラフィーナ様と騎士たちが魔物を討伐し、大聖女の力を知らしめるというものだった。

残りの目的は、休みがほとんどないセラフィーナ様の休息を兼ねて、姉上であるバルビゼ公爵夫人と親交を深めていただく——つまり、女性同士のおしゃべりを堪能していただく、というものだった。

元々、姉妹仲の良かったお2人だ。

日の出とともに出発されるなど、さぞやバルビゼ公領訪問を楽しみにされているのだろうと推測できた。

翌朝、セラフィーナ様は水色のドレスで現れた。

似合われてはいたけれど、あまりにもすっきりとしたデザインで、フリルやレースが全くついていない。

姉上様の元に伺われるときは、いつだって王女然としたフリルやレースで覆われた豪奢なドレスを着用されていたので、違和感を覚える。

けれど、私は女性のドレスについて何かを語れる程詳しくはないので、今はそういったものが流行りなのかもしれないと、自分を納得させる。

セラフィーナ様はお付きの女官たちとともに、しずしずと馬車に乗り込まれた。

その際に、もう一度違和感を覚える。

そうだ。眠いというのならば馬車の中で仮眠を取ればよいのに、なぜセラフィーナ様は昨日あれ程、寸暇を惜しむようにして仮眠を取られていたのだろうか?

答えはすぐに出た。

王城を出発し、一番賑やかな通りを抜けたところで、突然、セラフィーナ様が乗られていた馬車が止まったのだ。

馬車を取り囲むように配置されていた護衛の騎士たちも、慌てて自分が乗っていた馬を停止させる。

私は即座に下馬して馬車の扉を開けたところ、まるでつむじ風のように勢いよく、セラフィーナ様が飛び出してこられた。

そして、目の前の騎士を見上げると、にこりと微笑まれた。

「申し訳ないのだけど、ちょっと降りてもらえるかしら？」

意味が分からないながらも、王女の要請だからと馬を降りる騎士を見つめていたセラフィーナ様は、次の瞬間、勢いよく鐙《あぶみ》に足を掛け、ひらりと馬に飛び乗られた。

その際にドレスの裾から覗いた足が、踵の細い靴ではなく、乗馬用ブーツに包まれていたことに驚く。

セラフィーナ様は楽しそうに微笑むと、高らかに声を上げられた。

「バルビゼ公領もいいけれど、海が見たい気分なの。だから、バルビゼ公領訪問は、今回お休みするわ。馬車の中にお姉さまへの手紙とお土産があるから、騎士の半数はバルビゼ公領にそれを届けてちょうだい。お姉さま自体が強力な聖女だから、貴族たちへのデモンストレーションはお姉さまで十分だわ。むしろ、強力な聖女が公爵夫人に収まっていると理解していただくためにも、お姉さまが対応すべきよ。その旨を手紙にしたためてあるから、よろしくね。私は…………さて、どこへ向かおうかしら？」

そう言って、わざとらしく片手を頬にあてると、こてりと首を傾けられる。

この時には、居合わせていた全ての騎士が半眼になっていた。

王女付きになる程の騎士だ。

全員が嫌になるくらい有能で優秀だ。

だから、誰もがセラフィーナ様の次のセリフを先読んでいたけれど、賢明にも全員で沈黙を守る。

「……そうね！　海といったらサザランドよね！　はい、私はサザランドへ向かいます!!　バルビゼ公領に向かわない半数の騎士は、私に付いてきてちょうだい！」

そうして、セラフィーナ様は芝居がかった仕草でぽんと両手を打ち付けると、誰もが予想していた地名を口にした。

全員が何とも言えない表情で、セラフィーナ様を見つめる。

けれど、この時、セラフィーナ様は一つだけ間違いを犯した。

半数がバルビゼ公領、半数がサザランド伯領と言いながら、具体的に誰をと指示しなかったことだ。

だから、その場の騎士のほとんどはセラフィーナ様に続いた。

ごく少数の騎士しか同行しない馬車がバルビゼ公領に到着した時、公爵夫妻が「これっぽっちの騎士しか同行しなかったのか、軽く見られている！」と誤解され、憤慨されなければよいが。

――セラフィーナ様の欠点は、ご自分の人気の高さを理解されていないところだ。

◇　◇　◇

サザランドへの行程は、同行した全ての騎士が想像していた以上に酷いものだった。

セラフィーナ様はサザランドへの全行程に、5日しか用意されていなかったからだ。

私たちは伝令用の早馬が通るルートを通った。

用意周到なことに、セラフィーナ様は前もって早馬が馬を交換するポイントに、通常よりも多くの馬を用意させていた。

けれど、セラフィーナ様が命じた馬の数は、元々の行事に同行予定であった騎士の半数分でしかなく、実際のセラフィーナ様の同行者はとても半数では済まないだろうと考え、多くの馬を準備させた馬場担当者をこそ私は褒めたい。

セラフィーナ様の前には、大柄で馬術に長けた騎士を配置した。

前を走る騎士がセラフィーナ様の風除けになることで、セラフィーナ様が少しでも疲れないようにするとともに、前を走る騎士と同じ位置を通ることで安全な道を確保できるからだ。

驚くことに、セラフィーナ様はほとんど休まれなかった。

馬を変える際に、手早く水を飲んだり軽食をつまんだりされるだけで、鞍が付け替えられるとすぐに出発される。

いくら大聖女といえど、体力は通常の令嬢程度だ。

とても耐えられるような行程ではないはずだけれど、セラフィーナ様は泣き言一つ言わず、手綱を握りしめ続けられた。

――――サザランドに到着したのは、明け方に近い2日目の夜だった。

黄紋病が発症した者は、他の者にうつさないよう、全員が領主館に集められているとのことだったので、私たちはまっすぐに領主館に向かった。

館の中にはとても入り切れないため、館の前の広い庭に、大勢の住民がびっしりと横たわっていた。

常にない馬の足音を聞きつけた住民たちが、不安げに起き上がる。

夜中に馬を走らせるという危険な行動をする人間など、そうはいない。

それなのに、何頭もの馬の足音が夜中に聞こえれば、誰もが不安になるだろう。

住民たちが次々に起き上がり、不安そうに見つめる中、館の門扉が開けられ、何頭もの馬が入っていった。

庭の数か所に設置された数少ないかがり火の光では、騎士たちの服の色までは判別がつかないだろう。つまり、大聖女専属の近衛騎士団であることを示す、赤い騎士服を着用していることなど、この暗がりの中では分からないに違いない。

そう考え、身元を明らかにして皆を安心させようとしたけれど、声を発するよりも早く、セラフィーナ様がするりと馬から降りられた。

そして、常にない雰囲気に驚いて泣き出した赤子に、手を差し伸べられる。

赤子の母親は驚いたようにセラフィーナ様を見つめたけれど、王女の穏やかな微笑みを見て赤子を差し出した。

セラフィーナ様は大事そうに赤子を抱きかかえられると、歌うように呟かれた。

「まぁ、こんなに小さいのによく頑張って。我慢強くて頑張り屋の、立派な赤ちゃんね」

その言葉を聞いた母親は、一瞬にして涙ぐんだ。

「あ、あ、ありがとうございます。な、内地の方は病気がうつるから近寄るなと、この子を誰も抱いてはくれませんでした……」

その時、住民の幾人かが、松明を手に近付いてきた。

明かりに照らされ、セラフィーナ様の髪色が輝く。

「だ、大聖女様!?」

「ま、まさか……」

赤い髪の女性はセラフィーナ様以外にも幾人かいたけれど、族長が大聖女様の出動を要請していたことは皆が知るところであったし、夜中に馬で駆けつけるという異常な状況下において、誰もが大聖女様を連想したようだった。

ざわざわと驚きと戸惑いが伝播していく。

その頃には、その場にいる誰もが目を覚ましていた。

思い思いに半身を起こしたり、立ち上がったりしながら、何かを期待するかのようにセラフィーナ様を見つめる。

セラフィーナ様はそれらの視線を全て受け止めると、にこりと微笑んで口を開いた。

「はい、大聖女セラフィーナ・ナーヴ、ただ今サザランドに到着いたしました」

そうして、セラフィーナ様は抱き上げていた赤子の頬に口付けをされた。

すると、その箇所からきらきらと光が輝き、一瞬にして赤子の全身に広がっていた黄紋が消えていった。

「……………え？　な、治った……？」

母親は呆然としながら、紋が消えてしまった赤子を受け取った。

誰もが呆然とし、声を発せないでいるうちに、セラフィーナ様は片腕を高くかざすと、凛とした声を発した。

「肥沃で豊かなサザランドの地よ、誠実にして従順なるこの地の民にその力を分け与えよ。火は浄化し、風は吹き払い、水は洗い流し、土は内包せよ。――――『病魔根絶』」

セラフィーナ様の言葉が終わると、かざした指先からきらきらとした光が発生し始めた。

――――かがり火と、松明と、星の光。

それだけのわずかな光しかない闇夜の中、赤みを帯びたきらきらとした光が突然発生し、茫然と立ち尽くす住民たちの頭上に広がり始める。

「……え？　な、何……」

住民たちは驚きながらも夜空を振り仰ぎ、ゆっくりと降り注いでくる光の粒を驚愕したまま見つめていた。

――それはさながら、輝く星々が落ちてくるかのような、神秘的で圧倒的な光景だった。

やがて、一片、二片と光の粒が落ちてきて住民たちの体に触れると、彼らは驚いたような声を上げた。

「あ、温かい……」

光の粒は住民たちの体に触れると、溶け込むかのようにすっと消えていった。その箇所から、住民たちの体に何とも言えない温かさが広がっていく。

いつしか住民たちは一心に天を見つめると、水をすくうかのように合わせた両手を突き出し、空から降り注いでくるきらきらとした光を受け止め始めた。

――温かく、清らかな、大聖女様の慈愛の心。

正にその大聖女様の慈愛の心を受け止めているのだと、住民たちは感じていた。

輝く光の粒は、体に触れると、何とも言えない心地よさと安心感をもたらす。

そうして、憑かれたように一心に、光の粒を拾うことに専心していた住民たちは、最後の光がなくなって元の暗闇に戻った瞬間、はっとしたように我に返った。

ぱちぱちと瞬きを繰り返しながら、自分たちの体に起こった変化に気付き始める。

「……き、消えた……？」

「……お、黄紋が消えた。……ね、熱も引いている」

「そんな……。こんな、たった一瞬で救われたのか……？」

一通り自分たちの体を確認した住民たちは、呆然としてセラフィーナ様を見つめた。

誰一人治すことができなかった自分たちの病を、ほんのわずかな時間で治癒したセラフィーナ様の存在を、信じられないといった表情でただただ凝視する。

――誰もが無言だった。

あまりの出来事に、誰もが現状を上手く把握できずにいるのだろう。

そんな住民たちの視線の中、セラフィーナ様は変わらぬ微笑みを浮かべて立ち尽くされていたが、一瞬だけぐらりと体が傾きかける。

……ああ、きっと魔力を使い果たされたのだな。

私はセラフィーナ様の元に駆けつけながら、セラフィーナ様のドレスの背中部分が、汗で張り付いているのを見て思った。

先ほどのセラフィーナ様は病気を治療するときの常で、精霊を呼ばれていない。

精霊の力なしにこれだけの人数を治癒したということは、魔力は空になっているはずだ。

体が傾きそうになったセラフィーナ様を心配して、松明を手に持った住民たちが次々に近付いていく。

その明かりに照らされて、セラフィーナ様の姿が暗闇の中にぼんやりと浮かび上がった。

――改めて見ると、セラフィーナ様のお姿は、お世辞にもきちんとしているとは言えなかった。

ドレスの裾は跳ねた泥で汚れているし、2日もの間着用し続けたことで、しわがよってヨレヨレになっている。

セラフィーナ様の姉上であられる第一王女ならば、……いや、王族出身でなくても貴族の令嬢であるならば、こんな姿は見せられないと、着替えないことには人前に出ることはないだろう。

けれど……

ちょうどその時、日の出の時刻となったようで、太陽が顔を出し始めた。

陽の光が、暗闇だった空を照らし出す。

光が一条、二条と差し込み、空を赤く赤く染め始めた。

差し始めの光に後ろから照らされて、セラフィーナ様の背後が後光のような明るさを保つ。

朝焼けの光が大聖女の赤い髪と混じり合い、どこまでが朝焼けの赤で、どこからが大聖女の赤い髪かの境界を曖昧にする。

「暁の大聖女……」

住民の一人が、震える声でつぶやいた。

「光だ……。暗闇の中に差し込む、赤く美しい光そのものだ……」

別の住人が、感極まったようにつぶやく。

——それは正に、暗闇の中に立ち、光を受ける慈悲深き大聖女そのものの姿だった。

あまりの神々しい姿に、その場にいる誰もが思わず息をのむ。

まるで神話の一節のような光景に、ぶわりと全身が総毛だち、一人、また一人とその場に膝を折っていく。


——そう、私の大聖女は美しいでしょう。

美しく、慈悲深く、全てを救う——


ここにいる誰もが理解していた。

離島の民は死を免れることができず、一族全てが死んでいく運命だったと。

その運命を、この大聖女はたった一人で切り裂き、赤子から老人に至るまで、余すことなく救ったのだ。

そして、その救いはセラフィーナ様の慈悲の心があったからこそ実現した。

……もとより、無理な行程だった。馬車で10日弱の距離を、騎馬とは言え2日で移動するなんて、尋常ではない。

それなのに、セラフィーナ様は泣き言一つ言うことなく、歯を食いしばって馬にしがみつき、眠気と体力と戦いながら、ただただ2日もの間馬を走らせ続けた。

落馬により命を落とす危険など一切省みず、ただこの地の民を救いたいという一心で。

きっと体中は軋みきっており、痛みを訴えていることだろう。

けれど、セラフィーナ様は自分の体に一切構うことなく民の元へ駆けつけ、全ての魔力を使い切って彼らの命を救われた。

既にセラフィーナ様の意識は、朦朧としているはずだ。

体力も魔力も限界で、立っているのが不思議なくらいなのだから。

それなのに、セラフィーナ様は心から微笑んでいる。

自分が彼らを救えた喜びに、彼らが生きて笑顔でいることの喜びに。

――――これが、誰からも崇拝される大聖女だ。

気が付くと、その場にいた数百、数千もの住民たちは、全て跪いていた。

畏れ多いものを崇めるように、ある者は頭を下げ、ある者は滂沱《ぼうだ》の涙を流し、ある者は祈っている。

誰一人言葉を発することもできず、ただただ感動と感激、感謝をもって、絶対的な大聖女にひれ伏していた。

――――ああ、今日は、始まりの日となるだろう。

この地の住民は何があろうとも、この先100年、1000年……民族が絶えない限り、セラフイーナ様を救世主として崇拝し続けるに違いない。

――誰よりも美しく、慈悲深い大聖女。

――あなたはこうやって、伝説となっていくのだ。

◇　◇　◇

――その後、興奮冷めやらぬ住民たちに断わりを入れると、私は疲労困憊のセラフィーナ様を応接室に案内した。

私にはもう一つ、大きな仕事が残っていたからだ。

大聖女様のスケジュールを変更したことに対する、責任の所在の明確化だ。

今回、セラフィーナ様は下手くそな演技を披露してまで、サザランドを訪れた責任を一人で被ろうとされている。

けれど、実際のところは、護衛騎士でありながら本気で止めに入らなかった、私の責任に帰することは明らかだ。

セラフィーナ様がサザランドを訪問すると言った時、私は驚くと同時に喜びと感謝の念を覚えた。

サザランドの民は同胞だ。

叶うならば、何とかして救いたかった。

けれど、救うべき方策が何一つ見つからなかったため、私にはどうすることもできなかった。

そんな時に、セラフィーナ様が動いてくださると言われたのだ。

私は歓喜し、どう思い返しても、本気で止めはしなかった。

私は応接室の椅子の一つにセラフィーナ様を座らせると、その前に立って騎士の礼を取り、口を開いた。

「殿下、愚昧なる騎士より奏上いたします。今回のサザランド訪問につきましては、お止めできなかった私に全ての責があります。同胞の命を救うため、危険な行程だと知りながら、殿下を強くお諫めしなかったのは、明らかな私の失態です。誠に申し訳ありませんでした」

セラフィーナ様はちらりとこちらを見上げると、こてりと首を傾けられた。

「ええ？　私が海を見たいと言ったのよ？　だから、悪いのはわがままを言った私でしょう？　カノープスの責任なんて、これっぽっちもないわ」

「そうではないでしょう！　殿下のあの下手くそな演技に騙された騎士など、一人もいませんからね！」

「ええ、それはすごく傷付くわー。こうなったら、逆に演技なんて認めませんからね。私は海が見たかったのよう」

「まだおっしゃられるつもりですか！　殿下、何度申し上げたらご理解いただけるのですか!!」

セラフィーナ様はもう一度ちらりと私を見ると、明らかに作りものだと分かる神妙な顔で、悲しそうな声を出した。

「何度言われても、分からないみたいよ。……理解が悪くて申し訳ないわね、カノープス。あなたにも苦労をかけます」

「殿下!! そのような演技は結構です! ああ、もう、ホント、希代の大聖女が何をやってくれているんですか!!」

あくまで自分一人の責任だと譲らないセラフィーナ様に、思わず尖った声が出てしまう。

これ以上どう対応すれば良いか分からず困り果てた私に対して、セラフィーナ様はにこりと微笑んだ。

「何をやっているって、……だって、カノープスの領地を少しでも早く見てみたかったんだもの。だから、ちょっと急いだだけよ」

「ちょっと? ちょっとですか? はははははは、馬を何頭も乗り換えながら、休みなく丸2日間馬を走らせ続けることを、あなた様は『ちょっと』と表現されるのですか!? いいかげんになさいませ!!」

サザランド訪問の責任の所在について話していたはずが、思わずセラフィーナ様の話題に乗せられてしまう。

道中、セラフィーナ様の頬が枝に弾かれたり、馬がぬかるみに足をとられたりと、何度もひやりとした場面があったことを思い出したからだ。

「……ごめんなさい」

私の口調は自分が思っているよりも強かったようで、本気で怒られていると思ったのか、セラフィーナ様はしゅんとした。

自分の未熟さに思わずため息をつくと、セラフィーナ様の前に跪いた。

「殿下、私にとって殿下以上の存在など、この世に何一つありません。ですから、……お願いですから、無茶をする前に、私が何のためにここにいるのかをお考えください。私はあなた様の護衛騎士です。あなた様をお助けし、お守りするための存在なのですよ」

「……分かっているわ。衝動的な行動をして、ごめんなさい」

心底悪かったと思われたようで、セラフィーナ様はもう一度謝罪をされた。

しょんぼりとうつむかれているセラフィーナ様を見て、小さくため息をつく。

……セラフィーナ様が心から悪いと思われているのは、分かっている。

けれど、同じことが起これば、セラフィーナ様は再び同じ行動を取られるだろう。

その際、決して事前に相談などなさるまい。

なぜなら、私は必ずお止めするから。

今回の件も事前に相談があり、冷静に判断できる時間と機会が与えられていたら、私はお止めしたはずだ。

私にとって何よりも大切なのは、セラフィーナ様なのだから。

だから、それら全てを分かった上で、セラフィーナ様は一人で決断し、私に責任がかからない範囲で無茶をされるのだ。

私は一つ大きなため息をつくと、正面からセラフィーナ様を見つめた。

今日はここまでにしておくべきだろう。

これ以上話をしても平行線で、何も改善はしないだろうし、セラフィーナ様は大変お疲れだ。

私は一旦会話を収束させようと、再び口を開いた。

「お分かりいただけたようで、安心いたしました」

そうして、頭を地面につくほど下げる。

「至尊の大聖女にして、王国第二王女であられますセラフィーナ・ナーヴ殿下におかれましては、私の領地をご訪問いただきましたこと、深謝いたします。私ども領民一同は、殿下のご訪問を心より歓迎いたします」

もちろんこんな言葉では、我々一族の感謝の欠片も伝わらない。

私は行儀悪くも背後の扉を少し開き、笑顔でこちらを覗き込んでいる住民たちに告げた。

「急いで歓迎の宴の準備をしてくれ。我々の感謝の気持ちを大聖女様にお伝えするのだ」

私の言葉を聞くと、扉の近くにいた住民たちは、蜘蛛の子を散らすように走り去っていった。

皆は大喜びの大慌てで、宴を開くに違いない。

私は片手を差し出してセラフィーナ様を立ち上がらせると、先ほどの庭園に再度案内することにした。

「よろしければ、もう一度、住民の前にお顔を見せてやっていただけますか？　誰もがあなた様の御姿を、もう一度見たいと思っております」

「まぁ、嬉しい！　私も皆に会いたいわ」

セラフィーナ様が疲労困憊であることは間違いないが、住民たちの興奮と歓喜を肌で感じているこの状況では、休んでくれと言っても大人しく聞くはずがない。

だったら逆に座らせ、食物を腹の中に入れ、ゆったりとした時間を持つ状況を作ってさしあげることが上策だ。

疲れ果てているセラフィーナ様は、頼まずとも眠ってしまうだろう。

庭に出ると、セラフィーナ様を見つけた住民たちが、我先にと集まってきた。

「大聖女様、私たちを救っていただいて、ありがとうございました！」

「大聖女様、弟を救っていただいて、ありがとうございました！」

「大聖女様、とてもお忙しいと聞いていましたのに、そんなにくちゃくちゃくちゃの格好で来ていただいて、ありがとうございました！」

「ま、待って！　最後の方は待って！　ええ、私はくちゃくちゃなの？　や、やだ、見苦しくして申し訳ないわ」

慌てたように言いながら、髪を撫でつけるセラフィーナ様を見て、誰もが笑顔になる。

「くちゃくちゃの大聖女様は、そうでない大聖女様よりも何倍もお美しいです！　私は大聖女様ほどお美しくて、気高くて、私たちを愛してくださる王族の方を他に知りません」

「私たち一族は死に絶えても、最後の一人になるまで大聖女様に忠誠を誓います」

皆の言葉を聞いたセラフィーナ様は、困ったように微笑まれた。

「ええとね、私は私にできることをしたまでなのよ。料理人はお料理を作るでしょう？　私は聖女だから皆を治療したの。それだけよ」

けれど、当然のように誰一人、セラフィーナ様に同意しなかった。

……ええ、そうですね。聖女ならば治療しようとするでしょう。

けれど、セラフィーナ様のように命を懸けて2昼夜馬を飛ばし続けるなど、尋常じゃないくらい無理をしてまで治療しようとする聖女は、他にいないでしょう。

変異してしまったこの黄紋病を治癒するためには、病の仕組みを理解した上で新しい術式を組まねばならず、今この時点で、セラフィーナ様以外治癒はできないでしょう。

――――セラフィーナ様、あなた様が聖女の力を高めるために、どれほどの努力と決意をされたことか。

住民たちは実際に、セラフィーナ様の努力を目にしたことがないにしても、これほど卓越した能力が、ただ座しているだけで手に入るとは、誰も思わないでしょう。

あなた様の能力は、あなた様の努力の賜物だ。

あなた様がしたことは、あなた様以外誰もできないことです。

けれど、その奇跡の御業を発動させた大聖女は、自分の功績を知らぬ気に、子どもたちに囲まれてにこにこと笑っていた。

「大聖女様！　大聖女様はお忙しくて、すぐに帰られると聞きました。ぜひ、また来てくださいね」

「サザランドの海はとっても気持ちがいいんです！　次はぜひ、海に入ってください」

「次こそは、太陽にきらきらと反射する白壁の街並みを、ゆっくりと見て回ってください！」

「来てください！」「来てください！」と子どもたちが連呼する。

セラフィーナ様は少しだけ首を傾けられると、ふふふと楽しそうに笑われた。

それからぐるりと庭を見渡した後、庭の端に植えられた木まで歩いて行き、ぽきりと若芽を手折られた。

「私が訪問したという記念に、この枝を植えてもいいかしら？」

セラフィーナ様が尋ねると、皆は嬉しそうに目をキラキラとさせた。

「真ん中に、庭の真ん中に植えてください！」

「誰もがこの木を見失わないように、庭の真ん中に植えてください‼」

「ええ、それはさすがに邪魔じゃないかしら？」

困ったように呟かれるセラフィーナ様に、私は横から口を出した。

「セラフィーナ様、ぜひ庭の中央に植えてください。この敷地の所有者である私からも、ぜひお願いします」

「まぁ、カノープスったら！　あなたは私の行き過ぎた行動を、止める役目じゃないのかしら？」

可笑しそうに笑うセラフィーナ様に、私も微笑む。

「いつだって自重されない、あなた様から言われましても……。ぜひ、後々に多くの者がその木を囲むことができるように、庭の中心にお植えください」

強請《ねだ》る子どもたちと私の言葉に根負けしたようで、セラフィーナ様は子どもたちとともに、庭の中心に若木を植えられた。

子どもたちは嬉しそうに、植えられた若木の周りの土をぱんぱんと叩いたり、水をやったりしている。

セラフィーナ様は満足そうにその様子を見つめられると、子どもたちに向かって尋ねられた。

「この小さな若木はアデラの木の一枝なのだけど、アデラの木って分かるかしら？」

「知っています！　とおっても綺麗な赤い花が咲きます！」

「今が花の季節です。ほら、見てください！　満開で、とっても綺麗です！」

子どもたちの言葉に振り返ったセラフィーナ様は、親木に目をやると、嬉しそうに微笑まれた。

「ええ、満開ね。ここは暖かいから、王都よりも開花が早いのね。ふふ、素敵な時期に来たものだわ」

嬉しそうにアデラの花を見つめられるセラフィーナ様に対して、子どもたちは次々に知っている情報を披露する。

「赤い花は、いい匂いもします！」

「赤い花は、大聖女様の髪と同じような綺麗な赤です！」

セラフィーナ様は子どもたちの頭を撫でながら、感心したように頷いた。

「まぁ、みんなおりこうさんなのね。そうなの、アデラの木にはあんな風に赤い花が咲くのよ。この若木が大きくなって綺麗な花が咲く頃に、……赤い花の色から私を思い出してくれた頃に、私はもう一度サザランドに来るわ」

「「「大聖女様ぁ！！！」」」

全ての子どもたちが、そして、子どもたちの後ろで耳をそばだてていた大人たちまでもが、嬉しさのあまり大きな声で尊称を呼んだ。

セラフィーナ様はにこにこと微笑まれると、いたずらっぽく小指を顔の高さまで持ち上げた。

「皆と私の約束よ」

これ以上はないという笑顔で歓喜するサザランドの民と、それを微笑みながら見つめるセラフィーナ様。

……この時、間違いなくセラフィーナ様は住民たちと本気で約束をし、この地を再び訪れるつもりであったと思う。

けれど、その約束が果たされることは、ついになかった……。

◇　◇　◇

それからすぐに、宴席が設けられた。

セラフィーナ様は忙しく、今回の訪問では、この宴席しかもてなす場がないということを理解している住民たちは、大急ぎでセラフィーナ様の席をしつらえた。

庭の一角に色とりどりの綺麗な布を敷き、その上に鮮やかな刺繍が施されたクッションを幾つも重ねる。

セラフィーナ様はそのクッションを見て、きらきらと目を輝かせた。

「まぁ、離島の伝統技術ね。美しいわ！」

お国の技術を褒められて、嬉しくないわけがない。

住民たちはにこにこと笑いながら、セラフィーナ様を席に案内した。

セラフィーナ様が腰を下ろすかどうかというタイミングで、次々に料理が運ばれ始める。

まずは、素早く準備できるものが集められたようだ。

本日の朝食用にと昨晩焼かれていたパンに、朝採り野菜で作られたサラダ、一晩煮込んでいたスープに焼きたてのお肉。

普段は長く煮込んでトロトロの状態で食する魚も、あっさりと焼いた状態で出てきている。

セラフィーナ様はそれらを見ると、弾んだ声を上げた。

「まぁ、何て美味しそうなの！　この2日間、きちんとした食事をしていないから、今日はどれだけでも食べられそうよ！　ありがとう、皆さん」

「大聖女様に食べていただけるなんて、こんなに嬉しくて名誉なことはありません！　厨房では、料理人が腕を振るっているので、まだまだ沢山の料理が出てきますからね」

「まぁ、嬉しい！」

そう言いながら、セラフィーナ様は目の前にあった卵料理を、ぱくりと素早く口に入れられた。

はっとして思わず駆け寄った私を目で制すると、セラフィーナ様は「魔力回復薬を飲んだから大丈夫」と小さく呟かれた。

王族はいつだって、毒殺されるリスクを負っている。

第二王女であるセラフィーナ様も然りだ。

ただし、セラフィーナ様は強力な聖女のため、毒物については問題ない。

毒物を取り込んだ瞬間、聖女の力によって、意識せずとも自己解毒が始まるからだ。

しかし、魔力切れをおこしている時は例外だ。

確かにセラフィーナ様は魔力回復薬を飲まれたけれど、つい先ほどの話だ。

しかも、ゆっくりと魔力が回復するタイプの薬を服用された。

もしも服毒してしまった場合、自己解毒できるほど魔力が回復しているかは判断できない。

心配する私を知らぬ気に、セラフィーナ様はこれでもかという程ぱくぱくと、色々な料理を一口ずつ口にされている。

……ええ、分かります、分かりますよ。

この短時間で料理が出てきたことからも、きっとそれぞれの料理は異なる料理人が作っており、それぞれの料理に使われている食材もまた、異なる人々がそれぞれ集めてきただろうということは。

だから、皆の気持ちを受け取るためにも、色々な料理を口にされるというのは分かります。

けれど、その分服毒のリスクは高まるわけで……

「カノープス、眉間に皺が寄っているわよ。あなたもこちらにお座りなさい」

思わず瞬きも忘れるくらい、食事をするセラフィーナ様に見入っていると、近くへ呼ばれた。

普段なら遠慮するところだが、より近くで警護したいという気持ちが勝り、セラフィーナ様の斜め後ろに座する形で位置取った。

この地では領主という立場のため、セラフィーナ様のお近くに侍ったとしても、不敬ということはないだろう。

ちょうど腰を下ろしたタイミングで、住民たちの向こう側から、族長が走り寄ってくるのが見えた。

族長は黄紋病に罹患していなかったので、この館には滞在していなかったはずだ。

きっと、自宅から慌てて駆けつけたのだろう。

族長はセラフィーナ様の少し前で立ち止まると、地面に頭を擦り付けんばかりに平伏した。

「大聖女様、この度は一族を救っていただきまして、誠にありがとうございました。私たち一族は未来永劫、大聖女様に感謝と忠誠をお誓いします」

「族長ですね？　まぁ、頭をあげてちょうだい。感謝するのは私の方よ。……一族の方々を率いられ、この国を支える一角であり続けていらっしゃることに、感謝するわ。私が国の民を助けることは、当然のことよ。私たちは助け合って生きているのだから、できる者ができることをするだけだわ」

にこりと微笑まれるセラフィーナ様に対して、族長は一瞬絶句すると、感極まったように口を開いた。

「な、な、なんと尊きお言葉……。わ、私たちを国の民と呼んでくださると……。た、助け合ってと……。ああ、お、お約束します！　私たち一族は決して、この国内で誰とも争いません。誰とも助け合って生きていきます」

「……ええと、気に入らないことがあったら、きちんと喧嘩をしてもいいと思うわよ。私も時々、我慢できなくなって、カノープスと言い合いをするの」

族長の熱意に押されたセラフィーナ様は、動転されたのか、必要のない情報まで口にした。

その言葉を聞いた私の眉間に、深いしわが寄る。

……なぜここで、私との言い合いを引き合いに出されたのだ？

せっかくセラフィーナ様は素晴らしい話をされていたというのに、半減するじゃあないか。

思わず半眼になって見つめていると、セラフィーナ様は楽しそうにくふふと笑われる。

「知っているかしら、族長？　カノープスは優しいのよ。私と言い合った後、必ず反省して、自分が悪かったと謝ってくるの。時々言葉が足りなくて、『なんでこんなことをするのかしら？』って思うけど、いつだって、結果を見ると私のためなの。……きっと、この穏やかで豊かな土地が、カノープスを育んだのね。ありがとう、族長。こんなに素晴らしい騎士を、私のもとに届けてくださって」

「………………」

「………………」

……セラフィーナ様は卑怯だと思う。

こんなに突然、何の脈絡もなく、敬愛する主人から最上級に褒められてしまったら、どうすればよいのだ？

族長は心底羨ましそうな目で、私を見ている。

「セ、セラフィーナ様……」

話すべきことが思い浮かんだわけでもなかったが、この状況に耐えられないと思い、お名前をお呼びする。

すると、セラフィーナ様は何かを思いつかれたように、「ああ」とおっしゃられた。

「そうだわ、族長。先ほど皆さんの黄紋病を治療したから、……皆の体の中を回復魔法が通っていく過程を体験したから、この病を完全に理解できたわ。だから、私は専用の回復薬を作ることができるようになったの。王城に戻ったら、薬を作って届けさせるわね。今後も発病者が出てくるだろうけど、発症直後の軽い状態なら治癒薬で十分治るはずだから」

「あ、ありがとうございます！　な、何から何まで、本当にありがとうございます！」

もう完全に族長の頭は地面に擦り付けられていた。平伏しすぎだと思う。

そして、それも仕方がないことだとも思う。

誰よりも尊く、国の至宝と言われている大聖女様。

その大聖女様が……

――――自分たちのために無理を押して、よろよろの姿になってまで、遠いサザランドの地へ駆けつけてくれた。

――――誰もが治せなかった病を治し、滅ぶところであった一族を救ってくれた。

――――虐げられ、同列とは決して見なされていない私たちを、同じ国民と呼び、慈しんでくれた。

――――さらには、私たちの未来にまで思いを馳せられ、これから発症するかもしれない者のために薬まで作り届けてくださるとは。

……ああ、私には未来が視える。

セラフィーナ様が治癒されたこれまでの者と同じように、族長を始めとした一族の誰もが、この尊くも慈悲深い大聖女様に傾倒し、心酔し、崇め奉り出す未来が。

ほっと溜息をついたところで、楽器の音が響き始めた。

セラフィーナ様に披露する踊りが始まるようだ。

まずは前座ということで、子供たちが色鮮やかな民族衣装を身にまとい、列をなして踊り出した。

セラフィーナ様は愛らしい子どもたちの姿に惹き付けられたようで、目をきらきらとさせて見つめている。

「まぁ、可愛らしいわね！　ううーんと、あれはクラゲの踊りね」

閃いたように口を開かれるセラフィーナ様を前に、私は冷静に返事をする。

「水中の生き物を模しているという発想は、素晴らしいです。ただし、あれはクラゲではなくイルカですね」

「あ、ああ、大きく括れば、クラゲとイルカは同じだものね」

「……申し訳ありません。そのような大きな括り方は、私の理解の範疇外です」

さらに口を開こうとされたセラフィーナ様を遮るように、住民たちが割り込んできた。

「大聖女様、新しいお料理ができました！　これは私たちの伝統料理でして、深海に棲む貝を小麦粉と一緒に焼いたものです！」

「まぁ、初めて見るお料理ね。深海というけれど、どのくらい深いのかしら？」

「成人した者の中でも、特に潜る技量に長けている者しかたどり着けない程には深い海です。私たちの手には水かきがあるので、深い海へ潜ることができます。私たち一族以外に、この貝を取ってこられる者はいません」

「まぁまぁ、ではこの貝はとっても貴重ということね……あむっ。あ、やだ、なにこれ、美味しい！　独特の歯ごたえで、ちょっと苦みがあるけど、美味しいわ！　ああ、こんな料理なら毎日でも食べたいわ。このお料理は何ていうのかしら？」

セラフィーナ様はきらきらした目で、興味深そうに住民たちに尋ねられた。

対する住民たちは、嬉しそうに、誇らしそうに答えている。

「深海貝焼き《オアッウン》です」

「オアチィーね。覚えたわ」

「ふふふ、大聖女様。少し違いますよー」

皆で笑い合っていると、小さな子どもたちが近寄ってくる。

「大聖女様、お花、お花をどうぞ！」

「大聖女様、私は花輪を作りました。黄色い花なので、赤い髪に似合うと思います」

子どもたちの手を見ると、明らかにこの領主館の花壇に咲いていたと思われる花々を、山のように握っていた。

……うん、見なかったことにしよう。

一瞬、額に青筋を浮かべた庭師の姿が浮かんだが、頭を振って追い出す。

セラフィーナ様は楽しそうだし、住民たちもこの上なく幸福そうだ。

今日は何かを咎めだてる日ではないはずだ。

子どもたちの踊りが終わり、次の踊り手たちと場所を入れ替わったところで、皆はセラフィーナ様がクッションに埋もれていることに気付いた。

子どもたちにもらった花を握り、頭に花輪を載せたまま、セラフィーナ様は気絶するかのように眠りについていた。

「思ったよりもったな。……2昼夜馬を駆け通しで、魔力切れを起こすまで力を使われたのだ。限界だったのだよ、眠らせてあげてくれ」

私の言葉に、住民たちから反対の声が上がるはずもなかった。

その後、私はセラフィーナ様に捧げられている踊りを、セラフィーナ様の代わりに数曲鑑賞した。

頃合いを見てセラフィーナ様を抱え上げると、住民たちがはっとしたように走り寄ってくる。

「皆には悪いが、大聖女様はお帰りの時間だ。残り時間は2日半しかない。セラフィーナ様はあと半日滞在したいと希望されていたが、希望を通せば、セラフィーナ様は復路も往路と同様に、命を懸けて2昼夜馬を走らせなければならない」

そこまで説明すると、引かれてきた馬の鐙に足をかけ、セラフィーナ様を抱えたまま馬に乗る。

「往路ではスピードが落ちるからと、私と相乗りすることすら厭《いと》われたのだが、今の大聖女様は疲労困憊だ。きっと丸一昼夜は目を覚まされないだろう。だから、その間は私がお抱きして移動することで休んでいただく」

「ああ、ということは残りの2日半、カノープス様が大聖女様を抱えられて城までお戻りになるということですね！　カノープス様、決して大聖女様を落とさないでくださいよ！」

住民の言葉を聞いた私は、思わず顔をしかめた。

……何ということだ。もう始まったぞ。

私はしかつめらしい表情を作ると、住民たちに話しかける。

「私の話をきちんと聞いていたか？　私は丸一昼夜、大聖女様を抱えて移動すると言ったのだ。2日半ではない。お前たちは気付いていないようだが、私も2昼夜半もの間一睡もしていないのだ。少し私を働かせすぎではないか？」

「でも、カノープス様は騎士じゃないですか！　騎士は姫君を守るものですよ!!　それに、カノープス様が大聖女様は疲労困憊って言ったんですよ！　大聖女様を休ませてください！　カノープス様なら、あと2日くらい眠らなくっても大丈夫ですよ！」

……きたぞ、きたぞ。

私は住民たちのあまりの変わりように、むすりとした表情になる。

前回訪問した時までは、「カノープス様、カノープス様」と慕ってくれ、尊重してくれていた住民たちが、セラフィーナ様を前にした途端に私を邪険に扱い出した。

見慣れた光景ではあったけど、まさか我が同胞にして、私の領地の住民たちまでこうなるとは……

私は呆れたように小さく頭を振ると、もう一度足掻いてみることにする。

「あ――、その何だ。さすがに私も5日も眠らないで、2日以上大聖女様を抱えっぱなしってのは無理だと思うぞ。だから……」

領地の領主様が発言している最中だというのに、住民たちは容赦なく発言を遮る。

「何を腑抜けたことを言っているんですか！　こんなに小さい大聖女様が、不眠不休で2日も頑張られたんですよ！　大聖女様の倍の体重があるカノープス様なら、倍の時間働けるに決まっているじゃあないですか！」

「……いいかね、お前たち。お前たちは知らないようだけれど、体重と労働量との間に比例関係はないのだよ」

至極真っ当なことを言っているのに、誰も聞いてくれる人がいない。

「残念ですよ、カノープス様！　少し眠らないくらいで泣き言を言うなんて、見損ないましたよ!!」

「少しって、……丸2昼夜だし、馬を飛ばしてきたし。お、お前たちは眠らないまま、同じことをもう一度やれと言っているんだぞ?」

住民たちの常識に訴えようとしてみたが、私の言葉は誰にも響かなかったようで、次の訪問の話に話題を切り替えられてしまう。

「カノープス様、次にお帰りになる時は絶対に、絶対に大聖女様を連れてきてくださいね！」

「約束ですよ！」

「い、いや、大聖女様はお忙しくてだな。それに、そんなにすぐにあの木は花を付けないだろう」

私はたじたじとなって、住民たちの勢いに押されないよう防御する。

「だったら、カノープス様もお側について、お忙しい大聖女様をお守りしなければならないですね！」

「そうですよ、大聖女様に何かあったら大変ですからね！　私たちの代わりに一番近くでお守りしてください！」

「うわぁ、私の領民たちが、大聖女様と一緒でなければ、領地に帰ってくるなと言っているぞ!!」

冗談めかして泣き言を言ってみると、私の言葉を聞いた領民たちはうんうんと頷いた。

「さすが、カノープス様！　素晴らしい理解力ですね！」

「大聖女様とご一緒にお戻りになられることを、楽しみにしています!!」

「………………」

……このように完全敗北した私は、セラフィーナ様と一緒でなければ、自分の領地にも戻れぬ身の上になってしまった。

はあとわざとらしく大きなため息をつくと、私は皆に別れを告げて馬を走らせた。

住民たちと別れ、姿が見えなくなった後もずっと、「大聖女様、ありがとうございます!!」という声が背後から聞こえ続けていた。

……私は馬を走らせながら、胸元に抱き込んだセラフィーナ様を見下ろす。

セラフィーナ様はすーすーと安らかに寝息をたてられてはいたものの、目の下にはくっきりと隈ができており、手綱を握りしめ続けていた指先はがさがさになっていた。

……いつもいつも、無茶をされる。

私は知らず、深いため息をついた。

……いつだってセラフィーナ様は、ご自分の限界を超えてまで頑張ろうとされる。

ああ、やはり私がお側についていて、お守りしなければ……。

私は晴れ渡った空を見上げた。

そして、つい数時間前の出来事を思い返していた。

――――暁の光の下、全ての住民を救ったセラフィーナ様の神々しいお姿を。

私を素晴らしい騎士だと褒めてくださった時の、セラフィーナ様の微笑みを。

――――私は良い主を持った。

心からそう思った。

そして、そう思える自分は何と幸福だろうと思った。

ふと、セラフィーナ様の護衛騎士に選ばれた日を思い出す。

あの日、騎士団副総長は立派な一振りの剣を渡しながら、護衛騎士の心構えを私に説いた。

『王族の護衛は命を懸ける仕事だ。決して命を惜しむな』

――言われるまでもない。

私は絶対に命を惜しまない。必ずセラフィーナ様のために命を捧げよう。

――その時の私は、心の底からそう思っていた。

まさか、この誓いを果たすことができず、セラフィーナ様をお一人で死なせてしまう未来が訪れるなど、この時の私には想像することもできなかった……

◇　◇　◇

――けれど、現実はいつだって想像よりも悪く。

残された気の遠くなるような長い時間、叶わぬことと分かっていながら、私は誓い続けた。

『もう一度あなた様にお仕えできるのならば、今度こそ、誰からも、何からも、この世の全てから、あなた様をお守りいたします』

――それは、私の祈りの言葉となった。

ただ、救いを求めるかのように祈る日々。

………その日々も、死という解放によって終わりを告げた………と、そう思ったこと自体が夢だったのか。

あるいは、今見ているものが夢なのか。

夢の中の私は、赤い髪、金の瞳の女性騎士を仲間として、共に仕事をしていた。

どういうわけかこの赤髪の騎士は、住民たちからあの方の生まれ変わりだと見做《みな》されていた。

確かに、見た目の色と、基本的な性格は似通っているけれど……そう考えていると、ふと赤髪の騎士がどこにも見当たらないことに気付く。

胸騒ぎがして探しに行くと、裏通りで住民たちに囲まれているところに遭遇した。

正に誘拐されんとする雰囲気を見て一歩踏み出しかけたけれど、住民たちの不手際で目的は達成されなかった。

ほっと安心したのもつかの間、赤髪の騎士は誘拐されそうになった相手に、のこのこと付いて行く。正気だろうか。

後から注意しなければと思いながらも、後を付けていくことにする。

着いた先は、洞窟で。

私の理性が残っていたのも、そこまでだった。

――薄暗い洞窟の中、多くの者たちに囲まれた赤髪の騎士を見た瞬間、突然理性がこと切れた。

長い時間の中、私が何度も何度も想像した、あの方の最期の景色と似通ったものがあったから。

突然、意識が覚醒したかのように、鮮明になる。

ガラス越しに覗いていたような景色が鮮やかな色を持ち始め、感情も自分のもののように胸に響き始める。

『……私は、誰だ？　……私の役割は、何だ？』

頭の中で同じ質問が繰り返されるけれど、その答えが出るより先に、より強い声が頭の中に響く。

『お助けしなければ！』

『誰からも、何からも、この世の全てからお守りしなければ！』

――――そうしなければ、また、あの方を失ってしまう！

長い長い絶望の日々を思い出し、一瞬にして全身が氷のように冷たくなる。

突然襲ってきた激しい頭痛と吐き気に加え、誰のものか分からない記憶が流れ込んでくる。

――落ち着け。この絶望の日々は、誰の記憶だ？

確かに頭の一部では、そう冷静な声がするのに、体も心も誰のものかも分からない記憶に引っ張られる。

焦燥の気持ちのそのままに剣を抜き、住民たちに切りかかっていくも、やはり夢なのか、その体は私のものと異なり、思うように動かない。

あっという間に、住民たちから切り伏せられてしまう。

『……ああ、なんということだろう。私はまた、お守りすることができないのか』

意識を失う直前に見えたのは、心配そうに私を覗き込む女性騎士で…………、暁の髪と金の瞳で……

——これは、夢なのか。

再び、あの方を失う夢。

次に目を開いた時、私が感じるのは、変わらぬ後悔と罪の意識なのだろうか……

「……ラ……フィー……様、……お下がりくだ……」

ずきずきと痛む頭、朦朧としてきた意識の下、かろうじて呟いたあの方の名前は、風に溶けていった。

28　サザランド訪問3

「カーティス団長!!」

私は大声でカーティス団長の名前を呼んだ。

地面に倒れ込んだカーティス団長の瞳は、完全に閉じられていた。

血を流しすぎたのか、顔色は青白い。

このまま放っておくのは、危険だわ……

私はしゃがみ込んで団長の体に手を触れると、不自然に見えないように表層の傷だけを残して怪我を治癒した。

団長の意識を覚醒させることもできるけれど、今は必要ないと判断し、自然に目が覚めるのを待つ。

私はカーティス団長に触れたまま、エリアルを振り返った。

「エリアル、確かに先に剣を抜いたのはカーティス団長ですけど、やりすぎです！　いくら病人たちを守りたかったにしても、過剰防衛だわ！」

きっと睨みながら責めると、エリアルは動揺したように目を泳がせた。

「あ、ち、違います！　オレたちが守りたかったのは、大聖女様です！　その水色の騎士が突然、悪魔の生まれ変わりのような形相をして剣を抜き、あなた様に向かってきたので、何としてもお守りしなければと思ったのです!!」

「へ？　わ、私は大聖女ではありませんよ！」

思わず否定した後、役割を思い出して言い直す。

「あ、いえ、大聖女かもしれませんね。……どうしてそう思ったんですか？」

今までの反応からは、エリアルたちが私を大聖女だと思い込んでいる雰囲気はなかった。

だから、てっきり、私が大聖女の生まれ変わりという話をまだ聞いていないのだと思っていたのだけど、既に知っていたのだろうか？

「暁と同じ赤い髪をしているし、病人たちを見た瞬間、あなた様は病気を理解された表情をしました。その顔を見て、オレは、……オレたちは、あなた様がいつかお戻りくださると約束された大聖女様だと確信したのです」

そう言うと、エリアル以下全ての護衛役の住民たちは、その場に跪いた。

そうして、地面に両手を付け、頭をこれ以上はないというくらい下げると、謝罪をしてくる。

「本当に申し訳ありませんでした!!　これほど見事な髪をしているというのに、大聖女様と気付くこともなく行った数々の無礼!!　平に、平にお許しください!!」

「許すわけがないだろう！」

間髪入れずに、否定の声が入った。

驚いて振り返ると、昏睡していたはずのカーティス団長が上半身を起こして、エリアルを睨みつけていた。

カーティス団長は体中から血を流し、真っ青な顔をしたままだったけれど、その瞳は先ほどと異なり、意志の力が漲《みなぎ》っていた。

「貴様らは至尊の大聖女様に対して、許されざる暴挙に出た！　大聖女様がサザランドの民に何をしてくださったのかを、もう一度思い出せ！　思い出したら、神に祈れ！　私が苦しませることなく、あの世へ送ってやる」

言いながら、カーティス団長は私を庇うような位置に立つと、落ちていた自分の剣を拾った。

剣を握ったカーティス団長を見た私は、違和感を覚える。

……誰だ、これ？

カーティス団長だけど、カーティス団長じゃない？

意識を取り戻すまでのカーティス団長は、他の騎士団長たちに比べたら断トツで弱いと思われたのだけれど、……今のカーティス団長は強さが全く分からない。

透き通った水を通して水底が見えるからと言って、必ずしもその水深が浅いわけではないように。

カーティス団長の強さは、底知れぬ深淵を秘めているように私には思われた。

そして、前世での経験を思い返してみる。

私が初見で強さを読めない相手というのは、今までの経験に照らし合わせてみると、誰もが恐ろしく強かった……

私は確かめるかのようにまじまじとカーティス団長を見つめたけれど、その体から滲み出ているものが殺気だと気付くと、慌てて立ち上がり団長の腕に手をかけた。

「お、落ち着いてください、カーティス団長！　やられっぱなしで業腹《ごうはら》なのは分かりますが、ここは堪えてください。ほら、いい子にしていると、傷もあっという間に治りますよ」

私の言葉を聞いたカーティス団長は、何とも言えない表情で私を見下ろしてきた。

「…………その、何から指摘をすればよいか分かりませんが」

「はい？」

「私が彼らをあの世へ送るのは、あなた様に対して無礼を働いたからです。たとえ私が彼らに殺されたとしても、私に対する行動に、私が憤ることはありません」

「へっ？」

「それから、私の傷がほとんど塞がっているのは、いい子であるという曖昧な基準を基に私が行動した結果ではなく、あなた様が治してくださったからでしょう？」

「…………へっ？」

カーティス団長の言葉に驚いて、思わずまじまじと見つめると、視線が合った途端、団長はぱちぱちと2回瞬きをした。

「……え？」

――その仕草を見た瞬間、私は突然緊張を覚え、胸元を押さえた。

どきどきと高鳴る胸とは反対に、『そんなはずはない』と、頭の中では冷静な声がする。

『そんなはずはないから』

『冷静になりなさい』

けれど、私は見知った癖を目にして、どう考えればよいか分からなくなる。

――300年前の生で、彼は私と目が合うと、必ず眩しいものを見るかのように2回瞬きをしていた。

それが、変わらない彼の癖だった。

でも……、だけど……

……混乱したままに、必死に縋るように見つめる私を、カーティス団長は困ったように見つめ返してきた。

その伏し目がちな視線も、300年前の私がよく見知ったものだった。

『……彼だ、彼だ、彼だ』

頭の中の冷静な声を裏切るように、心の中ではそう声がする。

私が瞬きもせずにカーティス団長を見つめ続けていると、団長は気まずそうな表情で、握っていた剣を鞘に戻した。

その仕草ですら、見慣れたものに思えて仕方がない。

『………彼だ、彼だ、彼だ。………私が、彼を間違えるはずがない』

理屈も根拠もなく、心の奥底でそう確信した私は、もうどうにも我慢ができなくなって、思わず口を開いた。

「……あなたのお墓は、この地にあると思ったのだけど、……見つけることができなかったわ」

発した声は、誰が聞いても分かるくらいに震えていた。

私の言葉を聞いたカーティス団長は、困ったような表情をした。

「墓は、心が還る場所に在るべきだと思っています。私の墓は、魔王城の隣にあります。私がただお一人とお仕えした、敬愛すべき主の墓標となった魔王城の、その隣に」

その言葉を聞いた瞬間、私の目からは滂沱の涙が零れ落ちた。

私の涙を見たカーティス団長が、弾かれたように私の目の前に跪き、おろおろと私の頬の涙を拭うべきかどうすべきかと両手をさまよわせていたけれど、そのどこか滑稽な仕草ですら、私の涙を止める役には立たなかった。

「……カノープス」

私は300年ぶりに、その名を呼び掛けた。本人に向かって。

カーティス団長は、それはそれは切なそうな表情をすると、はっきりと返事をした。

「はい、セラフィーナ様」

その言葉を聞いた瞬間、私の目からは新たな涙が溢れ出す。

「カノープス、……………カノープス、……………カノープス」

「はい、…………はい、…………はい、御前に」

「ふううううぅ…………。カノープス！」

私はそのまますとんと地面にしゃがみ込むと、両手で顔を覆って泣き崩れた。

カノープスはおろおろとしながらも、朴訥《ぼくとつ》な忠義者の彼らしく、私が命じなければ決して触れてはこなかった。３００年経っても変わらない彼らしい生真面目さに、泣きながらも笑いが零れる。

「ふふふふふ、カノープス……」

カノープスは彼にできる精一杯の誠実さでハンカチーフを差し出してくると、困ったようにつぶやいた。

「その、私のもので申し訳ないのですが、もしよければお使いください。もし、よければですが……」

私は差し出してきた彼の手を両手で握ると、泣き濡れた顔のままカノープスに告げた。

「カノープス、ありがとう。……私のところに還ってきてくれて」

「……はい」

カノープスはひりつくような真剣な表情で答えた。

その生真面目な表情を見て、ああ、本当にカノープスなのだわと、心の奥底で初めて納得した。

——私の生真面目で、忠義に厚い護衛騎士。

まさか、再びあなたに会うことができるなんて——

カノープスは変わらず、おろおろと困ったように私の周りをうろついていたけれど、私はその後しばらくの間、涙を止めることができなかった。

……ねぇ、カノープス。

あなたはそんなに心配そうにしているけれど、私を泣かせているのはあなただわ………

サザランド訪問事後報告（３００年前）

「おやおや、私は妹を呼んだというのに、なぜ薄汚れた下女が代わりに来る？」

あざけるような表情で私を見つめながら、揶揄《やゆ》するように言葉を発する長兄――ベガ第一王子の声を聞いて、私――セラフィーナ・ナーヴは、こっそりとため息をついた。

私の後ろでは、護衛騎士であるカノープスがぎりりと奥歯を噛みしめていた。


――サザランドから王都まで取って返したその足で、私はベガ兄様の執務室へ向かった。

今回のサザランド訪問については、こちら側に非がある。

王国の至宝である「大聖女」の出動は、国家の重要行為と見做されており、全ては王国最高会議で決定されている。

王子、宰相、大臣といった国の中枢に位置する者たちが一堂に会して、決定を与えるのだ。

バルビゼ公領ではなくサザランド伯領を訪問した私は、その決定事項を無断で破棄した形になっていた。

そのため、王国最高会議の代表であるベガ第一王子に対して、まずは謝罪をと、自分の部屋に戻ることもせず、執務室を直接訪問した私に掛けられた第一声がこれだ。

……いやいや、お兄様、そのにやにやとした笑いを見るに、下女だと言い張る目の前の女性が私だって、気付いているのでしょう？

どうして毎回、この面倒くさいやりとりを最初に交わすのかしら？

すぐに本題に入ってくれたらいいのに。第一王子って、そんなに暇なのかしらね？

……そんな私の心の声は、全く長兄には届いていないようで、ベガ兄様は言葉を続ける。

「全く、何というみっともなさだ。今日び、そこいらの平民だとて、もっとマシな格好をしているだろうに」

ベガ兄様はじろじろと私を無遠慮に眺め回すと、わざとらしいほどに顔をしかめ、執務机に頬杖をついた。

「それで、この汚らしい下女の話はさておいて、私の妹はどこにいるのだ？　慈悲深く、幼子のように無邪気で、国の中枢に位置する死ぬほど忙しい者たちが、考慮に考慮を重ねて決定したスケジュールを簡単にすっぽかす、我儘バカ娘は？」

兄様はまるで劇場の俳優であるかのように、一言一言の声を張り、印象的な言葉を繰り出した。

黙って拝聴していたけれど、兄様のご高説が一区切りついたため、やっとのことで言葉を差し挟む。

「―――目の前に。髪が汚れていて判別が付きにくいのでしょうが、目の前に控えているこのセラフィーナは、間違いなくお兄様の妹ですわ」

ベガ兄さまの執務机から一段下がった床の上に背筋を伸ばして立ちながら、私はできるだけ毅然とした態度で答えた。

5日間の強行軍で、着用していたドレスや髪はいささか乱れてはいたものの、私の立ち居振る舞いは王女として立派に通用するものだと思う。

今の私には、その王女としての毅然とした態度が必要だった。―――兄様にこれ以上、馬鹿にされないために。

私の言葉を聞いたベガ兄様は、わざとらしくも驚いたように目を丸くした。

「なるほど！　確かに声は、我が愚妹のものに聞こえるな。どうした、セラフィーナ？　5日もの間出奔して、さぞや楽しい時間を過ごしたのだろう？　ははは、外見だけ見ると、その日暮らしの物もらいにでも、職業変更したように見えるがな！」

ベガ兄様の言葉に続いて、兄の後ろに控えていた側近たちが、これ見よがしに含み笑いを漏らす。

全く嫌な雰囲気だ。

「それで？　お前は突然姿を消し、5日もの間、好き勝手にやりたいことをやったのだろうが、その間少しでも残された者たちのことを考えたことがあったか？　お前のお遊びに多くの騎士たちを同行させたおかげで、バルビゼ公領に到着した騎士はたったの4人だ！　4人の騎士で、一体何ができたと思う？　大聖女であるお前からしたら、公爵ごときでは物の数にも入らないのだろうが、貴族社会では公爵というのは重要でなあ？」

丁寧に説明する振りをして、兄は私を馬鹿にし始めた。

「至尊なる大聖女からしたら、オレたち王子や宰相ごときが決定したスケジュールになど、従うのも馬鹿らしいのだろうが、これでも国の最重要決定機関だ。……国の中枢の者が必死で考えた、最重要のスケジュールなのだよ」

印象付けるためか、ベガ兄様は一旦言葉を切ると、十分な間を取った後に言葉を続けた。

「……それで？　その重要行事をすっぽかした間、お前はどこで、何をしていた？」

――――まったく、どうしようもないほど嫌味な兄だ。

ええ、ええ、今回は完全に私が悪いわよ。分かっています。

だから、ストレートに叱ってくれればいいのに、どうしてこうも回りくどい言い方をするのかしら？　答えが分かっていて、敢えて私に言わせようとするやり方が陰険だわ！

憤懣やるかたない思いに囚われながらも、私に非があるため、まっすぐ兄の目を見つめながら答える。

「国の最南端であるサザランドに、海を見に行っておりました。誠に軽率で、浅慮な行動でした。申し訳ありません」

そうして、深々と腰をかがめると、謝罪をした。

――兄の言っていることは、事実だ。

バルビゼ公領での行事が大事であったことは、間違いない。

そして、一言もなく、その行事をすっぽかしたことも事実だ。

私の訪問を楽しみにしていたバルビゼ公領の住民たちは、落胆したことだろう。

私に責があると言う兄の意見は正しい。

だからこそと、腰をかがめて謝罪する私を前に、ベガ兄様は弱った動物を前にしたかのような表情をした。

「ほう、王国の最重要行為である『大聖女の出動』をすっぽかした理由が、『海を見に行った』だと？　ははは、は、これはまた、なんとまぁ、大聖女はやることが違いますなぁ」

揶揄するような表情で、兄は後ろに控える側近たちと馬鹿にしたように笑い合う。

それから、ベガ兄様は悦に入った表情で言葉を続けた。

「バルビゼ公領ではお前の不在を穴埋めするため、誰もが寝ずに走り回っていたというのに、その間お前は、お気に入りの騎士たちを侍らせて海水浴とは。なんとまぁ、羨ましいご身分だ」

にやにやと笑う兄様の顔が、何ともいやらしい。

私は心の中でこっそりとため息をつきながら、いつもの嫌味だわと聞き流していたのだけれど、控えていたカノープスには我慢ならなかったようで、思わずといったように声を発した。

「僭越ながら……」

しかし、そんなカノープスを、兄様がかっとしたように怒鳴りつける。

「カノープス、この痴《し》れ者が！　王族の会話に割り込むなど、無礼千万!!　切り捨てるぞ!!」

「……カノープス。控えていなさい」

ああ、もう、面倒くさくなってきたわよ、と思いながらカノープスを止める。

……カノープスだって分かっているだろうけれど、ベガ兄様は全てを知っているのだ。

この5日間、私がどこに行って、何をしていたかなんて、十分把握した上での嫌がらせの質問なのだ。

もしも私が正直に、サザランドに病を治しに行ったと発言したならば、出動を依頼した族長や特使、カノープスは一斉に処分されるだろう。

だからこそ、私は気楽な観光だったとしか言えなくて、そのことが分かっている兄様は、敢えて私の口から非常識な発言をさせることに、嫌らしい楽しみを覚えているのだ。

その際、私だとか、カノープスだとかが苛々した様子を見せたら、余計に兄様を楽しませるだけだ。

だから、貝のように押し黙っているのが正解だと思うのだけど、忠義者のカノープスは、私が悪しざまに言われることが我慢ならないようだった。

しかも、責任感の強いことに、今回のことは自分のせいだと思っている節がカノープスにはあるため、ますます私のために申し開きをしたいのだろう。

……そういえば、サザランドからの帰り道、カノープスはしきりに私に謝罪していた。

『誠に申し訳ありません。王子殿下たちに付け入る隙を与えました。あなた様のお立場が悪くなります』

『あいにく、数千人の命と引き換えにするほどの立場にはついていないわ』

そう笑いながら返したのだけれど、心配そうなカノープスの表情は変わらなかった。

……カノープスは生真面目すぎるわ。

私をかばいたいという気持ちは分かるけれど、大人しくしておいた方が、今回は丸く収まるのに。

そう考え込む私の背後で、がちゃりと乱暴に扉が開く音がした。

——まあまあ、第一王子の執務室の扉を、ノックもなしに開ける無礼者なんて、私は一人しか知りませんよ。

「セラフィーナ！　帰城したならば、まずオレのところに来いと言ってあっただろう！」

第一王子の執務室に闖入《ちんにゅう》しておきながら、丸っと第一王子を無視するそのふてぶてしさは、あっぱれとしか言いようがない。

呼ばれたので振り返ると、想像通りの人物が立っていた。

銀髪白銀眼の美丈夫にして、弱冠29歳の私の近衛騎士団長、シリウス・ユリシーズだ。

黙っていれば、こんなに整った貌《かお》がこの世にあるのかというくらいの美貌なのだけれど、いかんせん態度が悪すぎる。

シリウスはガツガツと不満気に足音を鳴らして入室すると、謝罪のために腰を曲げていた私の腕を取り、姿勢を正させた。

……ああ、すみません。腰を曲げたまま振り返っていたので、おかしな格好になっていましたね。見苦しくて、申し訳ないです。

咄嗟にそう心の中で謝ってしまうくらい、シリウスは不機嫌な表情をしていた。

「ベガ、貴君が妹君を構いたい気持ちは分かるが、そろそろオレに返してもらおうか」

シリウスは何の前置きもなく、言いたいことだけを口にした。

普通なら許されないであろう不敬とも思える言動も、シリウスの高貴な生まれと、卓越した能力が可能にしていた。

――実際、権威を重んじる兄3人がシリウスの言動を受け入れるとともに、自らへりくだったような態度をとるのだから、周りの皆も流されるというものだ。

そのベガ兄様だけれど、突然のことに一瞬虚を突かれたような表情をしていたものの、すぐに自分を取り戻したようで、もったいぶった表情をつくった。

「これは、これは、シリウス殿。オレだって可愛い妹を尋問するのは心苦しいのだが、これも王国最高会議の代表としての役目でね。貴殿も聞き及んでいるだろうが、妹はバルビゼ公領での公務をすっぽかしている。やんごとなき理由でもあったのかと思ったら、はっ！　言うに事欠いて『サザランドで海水浴』だとよ!!」

いや、違う。海水浴とまでは言っていない！

そう思ったけれど、悦に入ったような兄様の表情を見て、こんな気持ちのいい状態の兄様の邪魔をしたら何倍にもなって仕返しをされると思い、腹立しさを感じながらも口をつぐむ。

シリウスは兄様の言葉を聞くと、不快そうな表情をした。

「貴君はまだ、聞き及んでいないのか？」

嫌なイントネーションで、兄様の言葉をまねてくる。

不穏なものを感じ、身構えたベガ兄様に、シリウスははっきりとした声で説明を始めた。

「バルビゼ公領での魔物討伐は、つつがなく終了した。セラフィーナの代わりに、元第一王女であられたバルビゼ公爵夫人が聖女の役目を果たされたのだが……」

そこで言葉を切ると、シリウスはベガ兄様に向かって歩を進めた。

一段高く設えてある段差を乗り越えると、執務机の正面に立って、椅子に座っているベガ兄様を見下ろした。

「な、な、シ、シリウス殿……」

突然、上から見下ろされる形になり、狼狽える兄様には構わず、シリウスは両手を広げて机に手をつくと、上半身を傾け、至近距離から兄様を見つめた。

「バルビゼ公領での魔物討伐には、青竜が4頭出現した。が、誰一人死人が出ることもなく、全ての魔物は討伐された。バルビゼ公爵夫人の聖女としての手腕の見事さに、誰もが感服されたという」

シリウスは僅かに目を細めると、囁くように言葉を続けた。

「大聖女の魔物討伐における出動条件は一つだけだ。『大聖女以外に代わりがない』――ただ、それだけだ」

そこまで言われたベガ兄様は、シリウスの言わんとしていることを理解したようで、真っ青な顔になると口をつぐんだ。

けれど、シリウスに手加減するつもりはないようで、わずかに首を傾けると、言葉を続ける。

「バルビゼ公爵夫人が代わりを務めることができたということは、あの地の魔物討伐に大聖女を派遣する決定自体が間違いだったということだ。バルビゼ公領を治める領主夫人が強力な聖女であるのならば、そのことを地の者に知らしめるためにも、領主夫人が魔物討伐に参加することが最適だからな」

「シ、シリウス殿……」

「さて、王国の最高会議に誤りがあったとしたら、問題だな。権威が地に落ちる。さあ、ベガ、貴君が誇る最高会議で、この誤りについて議論してこい。そうして、責任の所在が明らかになったら、……最高会議の代表として、至尊の大聖女に謝罪しろ！　この国で最も尊く、最も価値のある大聖女の時間を、５日も奪おうとしたことに対して！　それから、謝意を表せ！　大聖女が物事を先読みし、バルビゼ公領の討伐を反故《ほご》にしたおかげで、誤った決断が実行されずにすんだことに対して！」

シリウスは傾けていた体を起こすと、冷めた目でベガ兄様を見つめた。

ベガ兄様はがくがくと震えていた。

それはそうだろうな、と思う。

シリウスはあまり感情を露にしないが、脅しにかかろうとする時の迫力は半端じゃない。

裏打ちされている肉体の強靭さだって、誰もが知るところだ――つまり、毎日騎士団で鍛えているため、完成された肉体の持ち主であると同時に、王国一の剣士だということは。

シリウスは踵を返すと、私に向かって歩いてきた。

私の前で立ち止まると、私の頰に向かって手を伸ばす。

「白いな」

私の頰に片手を当て、親指の腹でゆっくりと頰の感触を確かめながら、シリウスはぽつりとつぶやいた。

「セラフィーナはこれほど白い肌をしているというのに、ベガ、貴君は何をもって、海水浴へ行ったというセラフィーナの言葉を信じたのか？」

「そ……、それは……」

「ベガ、貴君は若い。セラフィーナが貴君らを庇うつもりで口にした、『海水浴』という言葉をそのまま信じてしまうほどに。バルビゼ公領での討伐の決定が誤りだと理解していたセラフィーナが、最高会議の面目を保つため、敢えてこの5日間姿を消していたというのに、そのことを理解してもいない。……王国の第一王子ともあろう者が、目に見えるもののみを信じて行動するとは、……権謀術数うずまくこの王城で、どう立ち回るつもりなのか」

シリウスの口調は滑らかだったけれど、最後の部分は明らかに、揶揄するような響きを帯びていた。

馬鹿にされていることが分かったのか、ベガ兄様は頬を紅潮させると、悔し気に唇を噛んだ。

……シリウスったらやりすぎだわ。そう思いながら、ちらりと見上げる。

けれど、何の反省もない、至極当然という表情のシリウスを見て、軽く息を吐く。

……駄目だわ、これは。確信犯だわ。

シリウスのことだ。私が何のためにサザランドを訪問したのかなんて、当然知っているのだろう。

知っていながら、『最高会議の面目を保つために、大聖女の配慮で、敢えてバルビゼ公領を訪問しなかった』などと、事実じゃない話を捏造までして、強気にも正当性を主張しているのだ。

その際、ベガ兄様を馬鹿にするというおまけまで付けて。

……ああ、もう、ベガ兄様はねちっこいんだから、後が大変よ。

そう思い、はあっとため息をついた私に気付いているだろうに、シリウスは全てを無視すると、無言で私の背中に手を当て、扉まで歩くよう誘導した。

「そ、それじゃあ、失礼しますね、ベガお兄様」

シリウスがいつものように、挨拶もしないまま退室しようとしたので、代わりに私が声を掛ける。

けれど、ベガ兄様は一刻も早く私たちが退室することだけを願っているかのような表情でこちらを凝視していたので、私はいそいそと部屋から出て行った。

廊下に出ても、シリウスは無言のままだった。

無言のまま、まっすぐに前を見つめているので、腹を立てていることは間違いないのだけれど、歩幅は私に合わせてゆっくりとしたものになっている。

結局、シリウスはどんなに腹を立てていても、気遣いを忘れることができないのよね。ふふ、最強と言われる騎士だというのに、優しいものだわ。

沈黙したまま歩き続けるシリウスの端正な顔をちらりと見上げると、私は小さくつぶやいた。

「ただいま、シリウス。一番に顔を見せなくて、ごめんなさい」

大柄な体軀に似合わず心配性な近衛騎士団長に向かって、ぼそぼそと謝罪する。

すると、シリウスは足音荒く立ち止まると、ぎらりとする目で私を見た。

「……セラフィーナ、何かあった時はオレを呼べ。先ほどの、ベガの嫌味を聞き続けるような場合でもだ。お前が呼べば、オレは必ず駆け付けるから」

その言葉が頼もしくて、思わずくすりと笑う。

「まぁ、まるで私の護衛騎士みたいね」

カノープスを振り返りながら、悪戯っぽくそう言うと、シリウスはうなずいた。

「同義だ。オレはお前の近衛騎士団長だからな」

そう言って、私の髪をくしゃりと撫でる。

いつも通りの動作をしたことでやっと落ち着いたのか、シリウスはお馴染みの皮肉気な微笑みを浮かべた。

「……今回もだいぶ無茶をしたようだな。王女ともあろう者が、髪がぐちゃぐちゃで酷いものだ」

「そ、ちょ、シリウス! 妙齢の女性にそういうことは、言ったらだめでしょう!」

顔を真っ赤にして抗議すると、シリウスは薄く笑った。

「妙齢の女性? ……はは、お前はまだ子どもだろう」

「まあああああ! 16歳の婦女子に向かって、何てことを!!」

あまりの失礼な物言いに、全力で抗議したけれど……

その時の私は知らなかった。

——バルビゼ公領の魔物討伐が上手くいったのは、シリウスのおかげだったということを。

私よりもバルビゼ公爵夫人の聖女の力が劣ると判断したシリウスは、攻撃力を補強することでその穴を埋めた。

つまり、私が出奔《しゅっぽん》したという報告を受けるとすぐに、精鋭の騎士を引き連れて、自らバルビゼ公領に乗り込んだのだ。

シリウスが自ら鍛えている「赤盾近衛騎士団」だ。青竜ごときの討伐なら、お手のものだろう。

そのことを後から聞かされた私は、「くうう、シリウスめ」と思わずつぶやいた。

いつも、いつも、シリウスは格好がいい。

隙がないし、やることがスマートだ。

その上、自分の行為をひけらかすことをしない。

今回のことだって、他の者からたまたま聞くことがなかったら、知らずに終わっていただろう。

「はぁ、私に恋人の一人もできないのは、シリウスのせいだわ」

私は至極当然のことをつぶやくと、ため息をついた。


――その日、アデラの花びらを便せんに挿した子どもたちの手紙が、サザランドから届いた。

それを見た私は、にこりと微笑んだ。

……ああ、そうね。サザランドに植えたアデラの木が花をつけるまで、10年ほどかしら。

その頃になったら、もう一度、サザランドを訪問しよう。

そして、その時には、心配性の近衛騎士団長も連れて行こう。

真っ赤なアデラの花びらを目にしながら、私はそう思ったのだった。

【挿話】バルビゼ公領での魔物討伐（300年前）

その日は確かに、バルビゼ公爵家の館中の者が右往左往していた。

――1年以上も前から予定されていた『大聖女による魔物討伐』が急遽中止になり、誰もが今後の対応に追われていたからだ。


女官だけを乗せた馬車が、たった4人の騎士に守られて公爵領に到着した際、出迎えた者は呆気にとられた。

自ら馬車まで迎えにいったバルビゼ公爵ですら、何が起こったのかを理解できていないようで、申し訳なさそうな表情で馬車から降りてきた女官たちを驚いたように見つめていた。

平常通りだったのは、たった一人だけ……元第一王女にして、現在のバルビゼ公爵夫人であるシャウラのみだった。

シャウラは肩までの深紅の髪に緑の瞳をした、20代前半の美しい女性だった。

彼女は女官たちからおずおずと差し出された大聖女からの手紙と土産を目にすると、弾かれたように笑い出した。

「ふふふふ、あの娘ったら、こんな大胆な手口で出奔するなんて！　偉そうにふんぞり返っている王城の者たち全てを出し抜くなんて、大したものだわ！　あら、ということは、たった5日の行程で、サザランドを往復するつもりなのかしら？」

不思議そうに小首を傾げながら、確かめるように4人の騎士たちを眺め回す。

シャウラ夫人は元王族だけあって、何気ない仕草ですら、騎士たちを圧倒するほどの威圧感に溢れていた。

見つめられた騎士たちは、居心地が悪そうに目を逸らし始めたけれど、その態度自体にシャウラは答えを読み取ったようで、可笑しそうにふふふと笑った。

「なるほどねぇ。ということは今回の魔物討伐は、妹の代わりに私が対応しなければいけないということね」

言いながら、大聖女からの手紙を手に取ると踵を返し、すたすたと応接室に向かった。

その後を、慌てたように公爵が続く。

応接室の窓際にあるお気に入りのソファに座ると、シャウラは楽しそうに妹からの手紙を読み始めた。そんなシャウラを、夫でありバルビゼ公爵であるドゥーベは扉の陰から心配そうに見つめていた。

王国でも三本の指に入るほどの上位貴族で、熊のような恐ろしい外見であるドゥーベだったけれど、一回り以上も年下の妻に主導権を握られており、いつだって心配そうに妻の決定に物申すのが公爵家の日常だった。

「シャウラ……。あなたが大聖女様の役を代替するのは、少々危険ではないだろうか?」

恐る恐るといった風に声を掛けたドゥーベの心配は、もっともであった。

そもそも今回の討伐内容は、領土内の森の中に作られた青竜の巣を一掃するというものだ。

何らかの理由で元々の巣を失った竜の一族が集団で移動してきており、公爵領内にある森の中の洞窟を新たなねぐらとして、棲みついてしまったのだ。

青竜はSランクの魔物だ。それほど凶悪な魔物が領地内に巣を作り、何頭も棲みついているというのは、危険極まりない話であった。

だからこそ、すぐにでも対処すべきであったのだが、大聖女の出動なしには対応不可能であるとの判断により、危険性を認識しながらも1年間放置していたのだ。

そうして、やっと満を持しての大聖女のご訪問かと思いきや……約束の日に到着したのは、騎士と女官のみで、大聖女の姿は影も形もなかった。公爵家の館中の者がパニックに陥ったのも、仕方がないことであった。

誰もが慌てふためく中、公爵家の当主であるドゥーベは平静を装い、できるだけ冷静な声を出した。

「……シャウラ、あなたは確かにSランクの魔物を討伐した経験があるけれど、その時の相手は1

頭だっただろう？　何頭いるか分からない営巣地に聖女として赴くことは、夫として許可できないな」

至極真っ当なことを言う公爵に対して、シャウラは面白そうに微笑んだ。

「でも、セラフィーナの手紙を読んでしまったから、私があの娘の代わりを務めるようお願いされてしまったわ。……戦闘に関する限り、あの娘の感覚は間違ったことがないから、きっと私にもできるのよ。ふふ、私が聖女として新たなステップを上る時がきたようね」

シャウラは夫をからかうために、わざと嬉しそうに言葉を発したのだけれど、公爵に冗談は通じていないようだった。

夫人の言葉を聞いた公爵は慌てたように妻の隣に腰掛けると、必死の形相で訴えてきた。

「い、いや、シャウラ……！　あなたは確かに素晴らしくて申し分がないけれど、さらに素晴らしくなる必要があるのだろうか!?　青竜討伐に参加するだなんて、……危ないし、危ないから、私は夜しか眠れなくなるよ？」

真顔で慌てふためく公爵をちらりと見ると、シャウラ夫人は夫に返事をすることなく、ごそごそと妹のお土産を漁り始めた。

「あら、王城のシェフお手製のリンゴパイが包んであるわ。気が利いているじゃないの」

言いながら、控えているメイドにパイの箱を渡す。

「すぐに一切れ切ってきてちょうだい。美味しそうだから、今すぐ食べたいわ」

「シャウラ！」

シャウラ夫人はメイドが淹《い》れた鮮やかな色の紅茶を手にすると、もったいぶった様子で香りを楽しみ、ゆっくりと一口含んだところで夫を見つめた。

「ふふふ、王城から騎士も派遣されたことだし、何とかなると思うわよ」

「派遣された騎士は、たったの4人じゃないか！　確かに赤い騎士服を着ていたし、迫力がある騎士たちではあったけれど、それでも4人だ。もちろん、我が公爵領の騎士も討伐に参加させるが、それでも戦力が不足しているだろう？」

「今はね。でも、討伐予定の明日の午後までには、戦力はそろうんじゃないかしら？」

「………は？　どういう……」

言いかけた公爵の言葉は、外から聞こえてきた高揚したような大声にかき消された。

騎士たちが興奮し叫ぶ声が、館の外から聞こえてくる。

「な、何だ……!?」

まるで地鳴りのような騎士たちの歓声に、何事か起こったのかと慌てて立ち上がった公爵に対して、公爵夫人は呆れたような表情をした。

「……もう到着したの？　まったく、あの方の情報網と機動力は尋常じゃないわね」

その言葉が終わらないうちに、扉が乱暴に開かれる。

開いた扉の先には、思わぬ来客に動転している執事が立っていた。

温厚な執事らしからぬ乱暴な動作に驚いて目をやると、その後ろに幾つもの赤い騎士服が見えた。

数十人に上る赤い騎士服の一団を見た公爵は、はっとしたように息を飲む。

王国内で深紅の騎士服を着ている一団など、一つだけ――――大聖女専属の近衛騎士団である「赤盾近衛騎士団」のみだ。

燃えるような深紅の布地に金糸の刺繍が入った騎士服は、王国中の憧れだった。

100名にも満たない集団であるにもかかわらず、王国で最も有名で、最も強く、最も尊敬を集めている一団――――それが、この赤盾近衛騎士団だった。

赤い騎士服を着用した精鋭の騎士がずらりと並ぶ様は圧巻で、その中心に立つ人物をより一層引き立てていた。

――――銀髪白銀眼の近衛騎士団長、シリウス・ユリシーズを。

思わぬ人物の登場に絶句するバルビゼ公爵を、シリウス近衛騎士団長は無表情に見つめた。

冴え冴えとする美貌に一切の表情をのせない様子は、周りにいる大勢の者たちと一線を画すように見え、上天に輝く孤高の星のように思わせた。

「久しいな、バルビゼ公爵、公爵夫人。明日の魔物討伐では、オレを含む「赤盾近衛騎士団」が助力する」

良く通る凛とした声で、必要な情報のみを発するシリウスは、一切の感情をそぎ落としたように見えた。

シリウスの言葉を聞いた公爵は、驚きの余り喉が詰まったようで、咄嗟に声も出ない様子だった。

「…………は、え、ユ、ユリシーズ閣下に、ご参加いただけるのですか!?」

バルビゼ公爵が驚いたのも無理はない。

『シリウス近衛騎士団長は、大聖女が指揮する戦闘にしか参加しない』という話は、あまりにも有名であったのだから。

驚愕して立ち尽くす公爵を尻目に、公爵夫人はゆったりとソファに深く座ったまま、紅茶のカップを片手に落ち着いた声を出した。

「お久しぶりね、シリウス様。よければ、お座りなさいな。公爵家自慢のアプリコットティーをご馳走するわよ」

けれど、眉一つ動かさず、立ち尽くしたままのシリウスを見て、ため息をつく。

「……本当に、あなたはセラフィーナがいないと、美しいお人形よね。正しく必要なことをするのみで、決して楽しむことをしないんだから。ふぅ、お茶の一杯を私と一緒に飲んだからと言って、怒り出すほどあなたの大聖女は狭量なのかしら?」

「シャ、シャウラ……」

あまりにも無礼に聞こえる物言いに、バルビゼ公爵は慌てたように声を掛けた。

けれど、シリウスもシャウラも公爵を丸っと無視すると、無言で見つめ合った。

先に目を逸らしたのは、シリウスの方だった。

シリウスはシャウラから目を逸らした次の瞬間、流れるような仕草で佩《は》いていた剣を抜くと、何のためらいもなく自分の肩口を刺し貫いたのだ。

――――背中側から剣の切っ先が突き出るほど深く。

「ユ、ユ、ユ、ユリシーズ閣下！！！」

突然の出来事に驚愕し、大声で叫ぶ公爵を無視すると、シリウスは突き刺した左手でそのまま剣を引き抜いた。

それから、平坦な声でシャウラに話しかける。

「傷を治してもらえるか？」

肩口から大量の血が吹き出ていなければ、まるで挨拶をするかのような気安さだった。

シャウラは真顔で立ち上がると、天井を振り仰いだ。

「私の愛しく、親愛なる精霊よ！　そばにきて、力を貸してちょうだい!!」

瞬きほどの時間の後、シャウラの隣に一人の成人女性が現れた。

全身が緑色の肌でなければ――――精霊の特徴を表していなければ、人間だと見間違えるほどに、その姿は人と似通っていた。

けれど、その足先が数十センチほど床から浮いているため、明らかに人間ではありえなかった。

精霊は肩までの緑の髪に緑の瞳を有しており、巻き付けるような形で白い布だけをまとっていた。

透き通ったような緑の瞳でシャウラを見つめると、伺うように軽く首を傾げる。

「来てくれて、ありがとう」

シャウラは呼びかけに応えてくれた精霊にお礼を言うと、シリウスに向き直り、両手をシリウスの肩口に寄せた。精霊はにこりと微笑むと、シャウラの手に自分の手を重ねる。

「いと慈悲深き精霊よ、その力を我に貸し与えよ。血を止め、傷を塞げ！『裂傷回復』」

シャウラの声とともに、広げた両手から光が溢れ、シリウスの肩に降り注ぐ。

時間にしてほんの数秒ほどの後に――――シャウラが上げていた手を下ろすと、シリウスの肩から吹き出していた血は止まっていた。

傷を治し終わった精霊は、尋ねるような表情でシャウラを見つめた。

シャウラがお礼を言って頷くと、精霊はにこりと微笑みながら、現れた時と同じように突然消えていった。

シリウスはそれら一連のやり取りを無言で見つめていたけれど、精霊がいなくなると、自分の肩口に視線を落とした。

傷の表面にはびしりと血液が張り付いていて、傷の具合がよく見えなかったため、シリウスは確かめるかのように右腕を動かした。

問題なく右腕が動作することを確認すると、満足したように頷く。

「……悪くない」

それから、シャウラに向き直ると、シリウスは言葉を発した。

「婚後も聖女として精進していたようだな。この腕なら、明日の青竜討伐は問題ない。受け取った報告から推測すると、青竜の数は４頭から５頭だろう。今日はゆっくり眠れ」

シリウスはそれだけ言うと、踵を返して部屋から出て行った。赤い騎士服の一団が後に続く。

騎士たちが纏っていた黒いマントがひるがえり、印象的な黒と赤のコントラストが目に焼き付いた。

――――取り残された形になった公爵夫妻は、無言で顔を見合わせると、深いため息をついた。

「……どうなのかしら、ドゥーベ。あれが、当代一の剣士、シリウス・ユリシーズよ。何というか、相変わらず愛想がなくて、可愛げがないわね。あれだけの傷に、顔一つ歪めなかったわよ。『痛っ！』とか言って涙目にでもなったならば、まだ可愛げがあるというのに」

「いや、ユリシーズ閣下の涙目姿なんて、きっと誰も死ぬまで見られないよ。というか、後が怖くて、見ようとも思わない。けど、噂以上に豪胆な方だな。今のは、あなたの聖女の力を確認するためだけに、自ら肩を刺し貫いたんだろう？　……いや、治癒されると分かっていても、やろうとは思わないな」

公爵は熊のような図体に似合わない、気弱な発言をした。

けれど、シャウラも夫の発言に反対する気はなかったようで、脱力したように肩を落とす。

「普通は誰も、聖女の力量を量るために自分の体を傷付けようなんて思わないわよ。後ろに控えていた騎士たちも、驚いていたもの。呆れるわよね、シリウス様は咄嗟の場合の私の判断能力を確認するためだけに、何の前置きもなく、突然、体を刺し貫いたのよ。不測の事態が起こった時に、私がパニックに陥らず冷静に行動できるのかを、自分の体を使って確認したんだわ」

「………うん、私は赤盾近衛騎士団に入団していなくて、助かったな」

2人はもう一度顔を見合わせると、深いため息をついた。


翌日は、見事なまでの快晴だった。

青竜の棲む森までの道のりを、バルビゼ公爵夫妻と赤盾近衛騎士団30名、公爵領の騎士30名、補助役の聖女数名が連なって進み、その後に貴族の馬車が何台も続く。

青竜が棲むと言われている洞窟が遠目に見えてくると、見学役の貴族たちは隠れる場所が多いその場に止まることにした。安全な岩陰から、戦闘の様子を見学することにしたのだ。

公爵率いる公爵領の騎士たちと補助役の聖女は貴族たちを守るかのように展開し、バルビゼ公爵夫人のシャウラと赤盾近衛騎士団のみがその先に歩を進める。

けれど、岩陰を出て見晴らしのいい場所を歩き出すとすぐに、洞窟の入り口付近で周囲を警戒していた見張り役の青竜に見咎められ、警告の叫び声を上げられた。あるいは、味方を呼ぶ声を。

「ギャギャギャギャギャ――――!!」

狭い洞窟内で、一頭一頭、竜を追い詰めていくという選択肢もあるのだけれど、見学にきている貴族たちを考慮してか、シリウスは見張り役の竜が仲間を呼ぶ間、攻撃もせずに待っていた。

わずかに距離を詰め、洞窟の入り口を囲むかのように半円状に騎士たちを配置すると、その布陣の中央にシリウスが立つ。

シャウラは騎士たちより10メートルほど後方に位置した。

回復魔法を発動する際、シャウラの魔法が届く距離は15メートル程であったため、騎士の位置によっては回復魔法の効果の範囲外となってしまうけれど、その場所が青竜と対峙するシャウラに立てるぎりぎりの位置だった。シャウラの横にはにこやかな顔をした精霊が浮かんでいた。

見張り役の竜の呼び声に応えたのは、3頭の竜だった。

5メートルほどの巨大な竜が4頭も現れる様は、恐怖以外の何物でもない。

1頭、また1頭と、次々に洞窟から竜が飛び出し、全ての竜が洞窟外に揃う。

4頭目の竜が姿を現したことを確認したシリウスは、剣を抜くと上天へむけて構えた。

晴天の太陽に照らされて、シリウスの磨き抜かれた剣がきらりと光る。

シリウスは両手を使うと、地面に対して垂直に、剣をくるりと1回転させた。剣はきらきらと反射しながら、きれいな弧を描く。

「天、地、回転し、流転し、力を寄せろ。『五体強化』」

シリウスが言葉を発した瞬間、新たな地場が発生したかのように、シリウスを中心とした空間がずしりと歪んだ。

――――そう誰もが錯覚するほどに、一瞬にしてシリウスの質量は変化した。

同時に、詠唱を終えていた魔導士が攻撃魔法を発動させる。

青竜は火炎に弱い。それを分かった上で、全ての魔導士が火炎に特化した魔法を発動する。

「一火二炎！」

「連弾火炎！」

「連鎖炎炎！」

発せられた火魔法は、全てが上級魔法と呼ばれるものだった。

赤々と燃える炎が渦巻きながら青竜を狙い、命中し、竜を囲い込む。

相手はSランクの青竜だ。上級魔法といえど致命傷を与えられるものではないけれど、炎の魔法が命中する度に、青竜たちは本能的に身を竦ませたり、苦悶の咆哮を上げたりしていた。

炎と竜が絡み合う中、シリウスを先頭に20名ほどの騎士が続く。

シリウスは決して走らなかった。一歩、一歩、大地を踏みしめて歩いていくけれど、歩を進める毎に彼自身の質量が増しているように思われた。

シリウスは一番手前にいた青竜の正面に立つと、振り下ろされた爪と、嚙み砕こうと大きく開かれた口を難なく避けた。

それから、避けたモーションの一環かと思うような流れるような動きで、火魔法に翻弄されている竜の足に向けて垂直に剣を突き入れた。

すると、どういうわけか、ずぶりと刀身の半分程までが竜の足に吸い込まれる。

その剣は鱗を避けていないように――何物をも通さないと言われる竜の鱗を、いとも簡単に貫通しているように見えた。

シリウスが剣を引き抜くと同時に、刺し貫いていた鱗も剝がれ落ちる。

その部位を狙って、シリウスの後ろに位置していた騎士たちの剣が何本もめり込んでいった。

「ギギギギギギギギギ!!」

苦悶の声を上げる青竜に向かって、さらなる火魔法が撃ち込まれる。

シリウスは――火魔法と足への攻撃によって体勢を崩した青竜に向かって跳躍すると――竜の逆鱗……顎の下にある、1枚だけ逆さに生えている鱗に向かって剣を突き入れた。

全身を使って腕に力を集中しているとはいえ、その刀身は面白いようにずぶりと竜の顎に刺さっていく。

「ギャギャ――――!!」

シリウスが剣を引き抜くと同時に、青竜は断末魔の叫び声を上げながら、地面に倒れ伏した。

ドゴオオオン!

という地面を揺るがすような轟音と共に、砂埃が舞い上がり、崩れ落ちた竜を包む。

竜の弱点である「逆鱗」を狙った、鮮やかで見事な戦いだった。

シリウスが別の1頭に向かって狙いを定めると、騎士たちが後に続く。

炎と土埃と爆音が響く戦場において、それは異様な光景と言えた。

――Sランクの竜を複数頭も眼前にしながら、騎士たちの誰一人として竦んでいる者はおらず、力強く剣を握りしめる姿には戦意が漲っている、などという光景は。

それは正に、たった一人の圧倒的な力を持った剣士が率いるだけで、集団はこれほど強くなれるのだという、見本のような戦いであった。

シリウスと騎士たちは、1頭目の青竜を倒した時と同様の手口で、残りの3頭を討伐した。

途中、騎士の幾人かは、竜の尻尾にはたかれて骨を砕かれたり、爪や牙に引き裂かれたりしたけれど、公爵夫人の鮮やかな回復魔法で治癒された。

その手腕は、怪我をした全ての者が、治癒された途端に再び戦闘に参加できるほど見事なものだった。

――その場に4度目の轟音が響き渡った時、地面には4頭目の……そして、最後の竜が倒れ伏していた。

騎士たちは剣についた竜の血を振り払うと、鞘に納めていった。討伐が完了したのだ。

1年もの間、誰も手出しをできなかった凶悪な青竜4頭を討伐した騎士たちは、高揚したように笑ったり、片手を上げたりしていたが、その中心にいるシリウスだけは、簡単な些末事を処理した後のような無感動と無表情を決め込んでいた。

――騎士たちと公爵夫人は、貴族たちの興奮したような歓声と拍手に迎えられた。

誰もが騎士と公爵夫人を褒め称え、特に貴族たちは、青竜討伐にたった一人の回復役として対応できるような聖女が、この地の領主夫人であることの幸運を述べ立てた。

それに対し、公爵夫人は「……私の手柄というよりも、騎士が強かっただけじゃないかしら。これで私の聖女としての能力が評価されてもねぇ……」とつぶやき、何と謙虚な公爵夫人だろうとさらなる人気を博した。


その夜、この地の貴族たちと騎士たちとの交流を兼ねた晩餐会が開かれたが、シャウラ夫人の予想通り、シリウス以下の赤盾近衛騎士団は全員、晩餐会を欠席して王城へ戻っていった。

「奢ることもなく、享楽の場を楽しむこともない、なんと立派な騎士団だろう!」

「シリウス団長が率いてこそだ! あの方こそ、強くて、格好がよくて、完璧な騎士だ!!」

バルビゼ公領に住む者も、隣接する土地に住む貴族たちも、シリウス団長と赤盾近衛騎士団の素晴らしさを褒め称えた。

それから、この地の公爵夫人の雄姿を。

青竜討伐が大成功の形で終結したことは間違いなかったので、皆が近衛騎士団の強さと公爵夫人の聖女としての優秀さに尊敬の念を抱き感謝した。

そして、その夜は浮かれ騒いだような、興奮に満ちた雰囲気のまま終わりを迎えた。


――それから4週間後、青竜討伐の興奮も一段落したころ、バルビゼ公爵夫妻宛に大きな荷物が届いた。

　開けてみると、中から見たこともないほど美しい絨毯が現れた。

　届け元はシリウス・ユリシーズとなっており、『汚した絨毯の代わりに』と簡潔なメッセージが添えられていた。

「……そう言われれば、確かにシリウス様が応接室で自分を傷付けた時、絨毯にあの方の血が零れ落ちたわね。その後の青竜討伐という大事件の陰に隠れて、すっかり忘れていたけれど。けど、応接室の絨毯なんて、公爵家の優秀なメイドによって既に一滴残らず血抜きがしてあるわよ。そうでないにしても……この届けられた絨毯は、汚されたという絨毯の何倍も高価よね？」

「そうだな。何というか、さすがに王城の中枢で立ち回られる方だけのことはあるな。周りへの気遣いが素晴らしいじゃないか」

「素晴らしすぎるでしょう。シリウス様は不愛想だけれど、目端は利くし、気前はいいのよね。だけど、そもそもこんな気遣いは無用よね。公爵家としては、領内に巣食っていた青竜を倒してもらっただけで十分ありがたいのだし、むしろ、こちらの方がお礼をする立場だと思うのだけれど……」

　言い差した公爵夫人は、何事かを考えるかのように黙り込み……けれど、顔を上げた時には、にやりと悪戯そうな表情が浮かんでいた。

　公爵夫人がこの表情を浮かべる時は、とんでもないことを考えついたことの表れだったので、公爵はぎょっとしたように夫人を見つめた。

「シャ、シャウラ……」

その考えは誰のためにもならないから、なかったことにして捨て去りなさい、と続けようとした公爵の言葉は、結局発せられることはなかった。

「明日から、王城へ行ってまいります」

そうにこやかに宣言した公爵夫人の発言が、逆らうことを許さないほどの威厳に溢れていたからだ。

シャウラが決断したからには、王城で何事かが起こることは間違いない。

ならばせめて、その何事かが善いものであってくれ、と公爵は願った。

公爵の願いが聞き届けられるかは、まだ誰も分からなかった。

ただこの時のシャウラは、心からシリウスに青竜討伐の恩を返そうと考えていたのだった。

【ＳＩＤＥ】アルテアガ帝国皇弟ブルー＝サファイア ～Side Arteaga Empire～

「ああ、フィーア、私は君の国に帰ってきたよ」

私、ブルー＝サファイアは高揚した気持ちのまま、思わずそう呟いた。

私が再びこの国を訪れることができたのは、偶然によるところが大きい。

そもそもは、「ナーヴ王国へ赴き、『創生の女神』の足跡を辿る」という任務の必要性について、侍従長が語りだしたことが発端だ。

なんて素晴らしいことを提案するのだろうと、いつだってがみがみと分かりきったことを繰り返す、小柄でしわくちゃの侍従長が、初めて可愛らしく愛らしいものに思えた。

ただし、その女神探索団に参加すると正面から宣言したところ、「駄目に決まっている！」と、叩き返されたので、そんなに愛らしくもないなと思い直した。

侍従長の前では沈黙を守ったものの、私はこそりと探索団に紛れ込んだ。

探索団長は、帝国が誇る騎士団総長チェーザレ・ルビノーだ。

チェーザレは50代前半の2メートル近い巨軀を持つ歴戦の勇者で、長年帝国に仕えている忠義者だ。ごつごつとした岩のような顔と、必要最小限の事務連絡しか発しない無口さが相まって、一見恐ろしく見えるけれど、部下たちに慕われているので実は情がある男なのだと思う。

――王国への出発日当日、一段高い位置に立ち、探索団の団員を見回していたチェーザレが、私を見た途端に目を見開いたので、私が紛れていることに気付いたのだと思う。

けれど、何も言わずにすいと目を逸らしてくれた。いい男だ。

なのに、隠密行動であるにもかかわらず、なぜだか堂々と見送りにきたレッド＝ルビー兄上は私を見つけた瞬間、私を指差しながら大声を上げた。

「ブルー＝サファイア！　お前、何一人だけ付いていこうとしているんだ！　ズルいぞ‼」

全く往生際が悪く、格好が悪い対応だ。

常識で考えても、至尊の冠を戴く兄上が、国外へ赴く隠密部隊の一員として参加できるはずがないことは分かりきっている。

私がこの一団に参加するかどうかにかかわらず、兄上はこの国に留まるしかないのだ。

だとしたら、私だけでも探索団に参加する方がいいに決まっているのに、「自分ばかり、ズルい！」と繰り返す兄上は、チェーザレの大人の対応を見習うべきだと思う。

そうは思ったものの、私が口を開いてもよい結果がもたらされないことは分かっているので、視線を落として沈黙を守る。

するといつもは無口なチェーザレが取り成してくれたようで、低いぼそぼそとした声に続いて兄上の唸るような声が聞こえた後は、静かになった。


出発の日は雲一つない快晴だった。

晴れ渡った空がそのまま映し出されたかのように、私の心は明るく希望に満ちていた。

あれだけの奇跡をいくつも起こした女神が探索対象だ。

足跡を辿ることなど容易く、すぐに女神の居所が判明するに違いないと、そう思っていた。

――私たちは冒険者に扮すると、まず、フィーアに出会った森から探索を始めた。

目に入る景色を懐かしく思いながらあちこちと探索してみたけれど、出会うのは凶悪な魔物のみで、フィーアの手掛かりは何一つ得られなかった。

次に、冒険者組合《ギルド》を訪問してみたけれど、ここでも有益な情報は得られなかった。

さらに、近くの町や村まで探索の手を広げたが、女神についての情報は一切入手できなかった。

どこへ行っても、何をやっても手掛かりの一つも掴めない現状に、私は肩を落とした。

そうして、遅ればせながら、なぜ侍従長が今回の任務を提案したかを、おぼろげながらに理解した。

あの狸め、フィーアに傾倒して女性に一切興味を示さない私たちを諦めさせる目的で、女神探索を提案したな。

……けれど、侍従長は分かっていない。

フィーアは成人もしていなかった。

多分、周りの人間が不埒な考えをおこさないようにと、女神は敢えて幼い姿をされていたのだ。

フィーアに抱く感情が恋情でない以上、フィーアが見つからないからと言って、他の女性に恋情を抱くことにはならないのに。

――ナーヴ王国へ到着して1か月が過ぎたころ、宿の食堂でチェーザレと向かい合わせに座りながら、私はため息をついた。

「……どうかなさいましたか？」

チェーザレが訝し気に尋ねてくる。

「いや、城の狸にまんまとしてやられた気持ちになってな。このままでは狸の思惑通り、フィーアの手掛かり一つ摑めずに、国へ戻ることになりそうだ」

私はただ、侍従長への不満を口にしただけだというのに、チェーザレは己が批判されたと感じたようだった。

「1か月もの時間と100名からなる騎士をお貸しいただきながら、何一つ手掛かりを摑めない現状の不甲斐なさにつきましては、心よりお詫びいたします」

背筋を伸ばして椅子に座り、頭を下げる騎士団総長を見ながら、真面目だなと思う。

「いや、チェーザレを批判しているわけではないからな。というか、この任務自体が皇帝の私用みたいなものだから、そう真面目に考えなくてもいいぞ」

小指の爪ほどの炒った豆を口に放り込みながら、私はチェーザレに肩の力を抜くよう助言した。

けれど、くそ真面目な大男は頑なに頭を振った。

「いいえ、前皇帝の御代において騎士団総長であった私をすげ替えることなく、そのままの職位にお留めいただいたことに対する多大なるご恩が私にはあります。だというのに、新皇帝の御代になられて3か月も経つというのに、私は何一つ実績を出せておらず、ご恩に報いることができておりません」

「………そうか。お前が実績を上げられないとしたら、皇帝が代わったばかりだというのに御代が落ち着き、一切の動乱がなかったことが理由だろうから、いいことなのだが。まぁ、豆を食え」

岩のような信念を持った大男の意志を変えるのは骨が折れるなと思いながら、私は頬杖をついた。

そういえば、レッド=ルビー長兄がチェーザレに騎士団総長留任の決定を内々に伝えた際、――――グリーン=エメラルド次兄と私も同席していたが――――、チェーザレは同じようなことを言っていたなと思い出す。

『陛下、そして殿下方におかれましては、私を総長の職に留め置きいただきましたことについて、心より感謝申し上げます。……皇帝が代替わりをする際、文官・武官が一新されるのは世の常ですので、私も武官トップの地位を追われるものだと思っていました。わが身が惜しいとは今更思いませんが、私が去った後、私の息がかかった者と冷遇されるであろう騎士たちが心配でした』

すらすらと言葉を続けるチェーザレを見て、きちんと自分の心情を言葉にできるなんて大したものだと考えていたのだが、その後の手のひらを返したような無口っぷりを見ていると、相当無理をしていたのだと思う。

あるいは、主君への恩を返そうとする時、部下を救おうとする時にだけ、口が回るようになるのかもしれない。

そんな風に考えながらチェーザレを眺めていると、彼は真っすぐに背筋を伸ばしたまま、正面から私を見つめてきた。

「いずれにせよ、私がこの職位に留まっていられるのは、ブルー様のおかげです。……現在、帝国の未来を指揮できる方は3人しかいらっしゃいません。お二方、及びブルー様のおかげで私はこの職位にいられるのです」

……うん、まぁ、皇帝であるレッド＝ルビー長兄が、グリーン＝エメラルド次兄と私を尊重してくれているのは間違いない。『私たち3人で、帝国を治めていこう』と、多くの権限を付与してくれたのだから。

だから、チェーザレが現職にあるのは、長兄や次兄のおかげであるとともに、私のおかげであると言っても間違いではないのだろうが……

だが、そんな私たちがチェーザレを重用するのは、チェーザレ本人の資質が優れているからなのだけどな、と思いながら口を開く。

「うーん、お前は固いな。まず、話し方がなっていない。せっかく『ブルー』と呼ばせ、市井の皆に溶け込もうとしているのに、お前の話し方が全てを台無しにしている」

そういえば、今回の任務に同行した瞬間から、身元が判明することを防ぐために私の呼称を呼ばせ、部下の一人として私を扱うようにと要望したにもかかわらず、チェーザレは私に仕える態度を崩そうとしなかった。こういうところが融通がきかないんだよなと思いながら、ちらりと見上げる。

「お前が今の職位にあることだが、……考えたら、フィーアのおかげだな。半年前にこの地を訪れた際、私と兄上たちは何者でもなかったのだから」

私は突然、この生真面目な騎士団総長にフィーアのことを説明しておくべきだという気持ちになって、口を開いた。

私たち兄弟がなぜ、必死になってフィーアを探すのかを理解してもらいたいと思ったのだ。

「お前も知っていることだが、私たち兄弟は生まれた時からずっと、国の中枢から外れた傍流で、何かを期待されることもなければ、誰かが訪ねてくることもなかった。だから、兄上たちは呪いがかかったまま死んでいき、後ろ盾を失くした私と妹は殺されるものだと思っていた。私たちは何物をも成さず、生まれた意味もなく死んでいくのだと」

遠い昔の話のようにも聞こえるが、つい数か月前までの私たちはそうだったのだ。

そして、フィーアに会うことがなければ、実際に死んでいったのだろうと思う。

「……想像したことがあるか、兄上２人の呪いを？　絶えず額から流血するのだ。常に痛みを伴うし、常に血液が足りていないから、体は思うように動かず、意識もはっきりしない。そんな半分死んでいるような状態が常態だったのだ。それなのに、2人とも一度も弱音を吐かなかった。『オレたちが何とかするから』と、いつだって笑って私を勇気付けてくれた。体が弱く、とても成人はできないと言われていた私を、呪いにかかった状態で守り続けてくれた。だから……、私はいつか、兄上たちのために死ねたら本望だと思う」

私はグラスをぐいと傾けると、口に含んだアルコールをゆっくりと嚥下し、少し考えてから続けた。

「……フィーアは正真正銘の女神なんだよ。そんな何者でもなかった私たちの話を聞き、労わり、勇気付けてくれた。そして、――それら全ての後に、呪いを解いてくれた。分かるか？　出会ってすぐに呪いを解いたのではなく、時間をかけて私たちを理解してくれた後に、呪いを解いてくれたのだ」

私はその時のことを思い出しながら目を伏せると、グラスに指を掛けた。

「私たちは女神に受容されたのだと感じた。私たちを試した上で、救うべき者だと判断していただいたのだと。だからこそ、力と役割を与えてくださったのだと。……兄上たちを動かしている原動力は、それだよ。何者でもなかった私たちを女神が見出してくださり、理解してくださり、役割を果たすべき者だと認めてくださった。その1点が兄上たちに力を与えているし、誰からも顧みられなかった私たちが、ぎりぎりのところで人間不信に陥らずに済んでいる」

――――フィーアに力と役割を与えられた時の感動を言い表すことなど、とてもできやしないだろう。

あの瞬間を境に、私と兄上たちの人生は変わったのだ。

「チェーザレ、お前の資質が優れているのは間違いない。だが、前皇帝の時代に総長だったお前をそのまま起用したのは、兄上たちに信じる心を残してくださったフィーアのおかげだ。……そもそも、フィーアに会わなければ、私たちは今頃朽ち果てていて、何かを選べる立場にもいなかっただろうからな」

私はチェーザレを見つめると、もう一度同じ言葉を繰り返した。

「全て……フィーアのおかげだよ。私たち3人は、かの女神に救われたのだ」

「………ブルー様、私が必ず女神をお探しいたします」

帝国の生真面目な騎士団総長は、私の話を聞いた後しばらく黙っていたけれど、握りこぶしを作ると、決意するかのように言葉を続けた。

「そうか、頼りにしているぞ」

チェーザレに理解してもらったような気持ちになれた私は、嬉しくなってにこりと微笑んだ。

それから1週間後、どのような幸運に恵まれたのか分からないが、私たちはルード騎士家に辿り着いた。

ルード騎士家には赤髪金瞳の娘がいるとの話だったので一瞬喜んだものの、よく聞いてみると、既に成人しているとのことだった。しかし、念のためと訪問してみることにする。

騎士家というのは、他家の者でも騎士であれば容易く受け入れる傾向があるので、私たちはそれまでの変装を解き、騎士の格好で訪れた。

アルテアガ帝国貴族のお抱え騎士で、ナーヴ王国のとある辺境伯の元へ使いできているという設定にしたのだが、ルード騎士家は疑いもなく私たちを受け入れてくれた。もう少し疑い深くあるべきじゃないかとも思ったが、きっと当主が気安い男なのだろう。

「赤髪の次女のお嬢ちゃんは、フィーアという名前でね」

成人しているとのことだったので別人だろうと高を括っていた私の前で、ルード家の騎士は爆弾を落とした。

瞬間的に「ひっ」という声が出て、息が詰まる。

「……は、な、……フィ、フィーアだって!?」

驚いて声が裏返った私を不思議そうに見ると、ルード家の騎士は暖炉の上に飾ってあった家族の肖像画を指差した。

「ああ、よくある名前ではあるけれど、髪の色は見事だよ。その上に絵姿があるだろう?」

たった数歩の距離だったけれど、私は全速力で移動すると、がつりと肖像画を手に取った。

そこには、家族らしき者とともにフィーアが——私が探し求めていた、私を救ってくれた女神の御姿が描かれていた。

「フィ、フィーア!!」

私は雷に打たれたかのように、膝から崩れ落ちた。

思わず膝をついた私の元に、驚いたようにチェーザレが駆け寄ってきたけれど、私はぶるぶると震える手で肖像画を差し出すことしかできなかった。

「チェ、チェーザレ！　フィ、フィーアだ！　フィーアがいたぞ!!」

チェーザレは無言で肖像画を受け取ると、じっとフィーアの絵姿を見つめた。

「嬢ちゃんの知り合いかい？　嬢ちゃんなら成人してすぐ、王都に行って騎士になったぞ」

案内してくれた騎士が、気軽に情報を提供してくれる。

「成人!?　へ？　ナ、ナーヴ王国の成人は10歳くらいなのか？」

「いや、15だよ。嬢ちゃんは背が低いし、色々と成長が足りていないところはあるが、ちゃんと成人しているよ」

「なんと、……な、な、なんと、成人されていたのか？　いや、あのお姿で成人しているというのは、永遠を生きられる女神仕様の年齢なのか??」

混乱し、平静さを失った私を憐れと思ったのか、ルード家の騎士は椅子を勧めてくれ、温かい飲み物を出してくれた。

自分を落ち着かせるため、ゆっくりとカップを口元に運ぶ私に対して、ルード家の騎士は暖炉に並べてある、一見しただけでは何か分からないような代物たちを指差した。

「これはフィーア嬢ちゃんの手作り作品だ。領内練習試合1000敗記念の逆勲章、折れた剣で作った『勝利』を意味するオブジェ、それから……」

指差された先にある、木彫りや折れた剣を使用した得体のしれない作品たちが、急に国宝級の素晴らしいものに見えてくる。

「長女のオリア嬢ちゃんは妹思いでね。記念だからと、色々とフィーア嬢ちゃんがらみの品物を取っておいているんだよ」

「す……、素晴らしい！　そのオリア嬢は正に天才だ！　物の価値が分かっている!!」

私は息も絶え絶えな感じで、その優れたご令嬢を称賛した。

みてみろ、侍従長。私だって優れたご令嬢を褒めることができるのだ。

私がフィーアの個性的な作品を一つ一つ丁寧に鑑賞していると、後ろからチェーザレの声が聞こえてきた。

「騎士殿、誠に不躾なお願いではあるが、よければフィーアさんの肖像画を一つ、譲ってはいただけないだろうか？　というのも、私が仕えている主が婚約者を探していて、王国の騎士家の令嬢なら理想的だと言われていてな」

チェーザレは腰に佩いていた剣を鞘ごと取り外すと、身元保証の代わりに寄贈すると言い出した。

真っ黒い鞘に納められたチェーザレの剣は、史上最強と言われた『黒騎士』由来のものだ。国宝クラスなのは間違いない。

その剣とフィーアの肖像画を交換するというのは……正しい判断だ。等価交換だろう。

私はチェーザレの果断な決断を称賛する気持ちになり、国に戻った暁には、帝国の宝物庫の中から最も優れた剣を選び抜き、今回の剣の代わりにチェーザレに贈ろうと決意する。

それにしても……

「チェ、チェーザレ、お前が仕える主というのはわた、私のことか？　フィ、フィーアの婚約者って……」

私がおたおたと言葉を探していると、チェーザレは婚約話には興味がないようで、国宝と引き換えにしたフィーアの肖像画を差し出してきた。

それは片手サイズの小さなもので、先日見た村娘風のドレスよりも装飾の多い、青いドレス姿のフィーアが描かれていた。

「わた、私の色を着ているぞ!!」

興奮して思わず叫ぶと、チェーザレは静かに頷いた。

後から考えれば、存外気が回る騎士団総長が、私の色のドレスを着た肖像画を選んでくれていたのだろうが、その時の私は気付いておらず興奮しきっていた。

「フィ、フィーアはまだ、顕現《けんげん》されたままらしい。ということは、フィーアにはまだ、成すべきものがあるということだな？　よ、よし！　私はフィーアを手伝うぞ！　王国王都へ行く!!」

私が高らかに宣言すると、チェーザレは初めから私の言葉を予想していたようで、黙って頭を下げた。

兄や侍従長から与えられた期間は2か月で、帝国までの帰路に要する日数を考慮すると、時間切れになってしまうような気もしたが、そんなことを気にしている場合ではない。

私は晴れ晴れとした気持ちで顔を上げると、フィーアのいるナーヴ王国の王都へ向かうことを決めたのだった。

【SIDE】憲兵司令官デズモンド「フィーアに関する大聖女報告を受領する」

「憲兵司令官、緊急報告です！」

生真面目な顔をした部下がすごい勢いで部屋に飛び込んできたけれど、その口の端が少しだけ面白そうに吊り上がっているのを、オレの目は見逃さなかった。

ああ、間違いなく面倒くせぇ報告だ。くそ面倒くさくて、緊急度と重要度と影響度が高くて、けれど真面目に対応することが馬鹿馬鹿しくなるような案件だ。

「……誰に関することだ？」

常識で考えたら国内外の要人に関することだろうが、オレは用心のため確認する。

「第一騎士団所属のフィーア・ルードです！」

「また、あいつか!!」

オレは椅子に座ったまま、目の前の机の端を蹴り上げた。

「ははははは、いつだってオレの時間を盗んでいくのは、あいつだ！　あいつの案件は未だかつてお目にかかったことがないようなもので、意味不明で理解不能だが、緊急度と重要度と影響度が高いときている!!」

オレは部下を睨みつけると、攻撃的な声を出した。

「それで？　今回はなんだ？　フィーアが2頭目の従魔を従えたのか？　それとも、チェスの代わりに新たなゲームを考案したのか？　ははははぁ！」

部下はオレの発言を無視すると、目を合わせることなく報告を始めた。

「サザランドからの緊急報告によると、フィーア・ルードがサザランドの民に大聖女様の生まれ変わりだと認定されました。そのため、あの地では……」

「待て！　お前は今、なんと言った!?」

報告のあまりの内容に、オレは立ち上がった。

「フィーアが何だって？」

「大聖女様の生まれ変わりだと……」

「はははははは、おもしれぇ。おもしれぇなぁ！　大聖女様の生まれ変わり!!　神聖にして不可侵なる大聖女様案件!!　くそう、最上級の面倒くささじゃねぇか！　くたばれ!!」

オレは腹立たしさのあまり、手近にあった蓋が開いたままのインク壺を手に取ると、窓に向かって投げつけた。

壺はまっすぐ窓に向かって飛んでいき、ぱりんと音を立てて窓ガラスを突き抜けていった。

マジか！　窓まで割れたぞ!!　誰があの欠片を片付けると思っているんだ？　オレだ!!

更なる仕事が増えたことに対して苛立ちを募らせたオレは、部下を睨みつけた。

「いいか、ザンド！　シリルに緊急伝令を出せ！　あいつはサザランドの領主として、あの地を管轄する義務がある！　なのに、フィーアが大聖女と誤認定される間、ぼんやりと手をこまねいて見ているなんて、怠慢もいいところだ！」

「……報告書のどこにも、フィーア・ルードが大聖女だと認定されたことが誤りであるとは、書いてありませんが」

「間違いに決まっているだろうが！　あんなのが大聖女様の生まれ変わりだというならば、オレは史上最強の剣士である『黒騎士』の生まれ変わりだ‼」

さらに言い募ろうとしたけれど、その時、がちゃりと音がして、外側から乱暴に扉が開かれた。

ノックの音がしなかったため、驚いて扉を見つめる。

誰だ？　このオレの執務室をノックもなしに開ける人物なんて、心当たりもないぞ？

扉の前に立っていたのは、ザカリー……のようにも見える黒髪の騎士だった。

……いや、これはザカリーだな。なぜだか、髪の半分以上がまるでインク壺でも被ったかのように真っ黒になっているだけで……

そこまで考えたオレは、先ほど窓から投げ捨てたインク壺に思い当たり、びくりと体を硬直させた。

まずい！　非常にまずいぞ！　ザカリーのこの髪は、先ほどオレが投げ捨てたインク壺を被ったからじゃあないのか？

咄嗟にその可能性に思い当たったオレは、大袈裟なくらいの仕草で部下を振り返った。

「ザンド！　そんなところにぼんやりとつっ立っている暇があったら、先ほどお前が窓から投げ捨てたインク壺を回収してこい!!」

ザンドからは信じられない者を見る目つきで見つめられたが、……理解してくれ。

ザカリーは部下の失敗に対しては寛容だが、同僚の失敗には容赦がないのだ。

頼む、ザンド！　来週一週間は、毎日好きなだけ飲み食いさせてやるから、この一瞬だけはオレのために耐えてくれ!!

そんなオレの心の声が聞こえたわけでもないだろうに、ザカリーはいつもよりもざらついた声で口を開いた。

「おかしなことを言うな、デズモンド？　先ほど、オレがインク壺を被ってすぐ……ああ、『インク壺を被る』なんて、可笑しな言い回しだと思うだろうが、まぁ、オレの頭を見てみろ。みっともねぇことに、髪の半分が黒く染まっているだろう？　これはな、どういうわけかオレの頭を目掛けて、空からインク壺が飛んできたことが原因だ。空からインク壺だなんて、いやぁ、オレも驚いたさ。だから、すぐに壺の飛翔元を確認した。そうしたら、飛翔元はお前の部屋で、お前の部下のザンドが窓際に背を向けて立っているのが見えた。つまり、ザンドにインク壺を投げる時間はなかったってえことだ」

「は……、は……」

「笑っているのか、デズモンド？　そうだな、可笑しいよな。インク壺を頭から被るなんて、とんでもねぇ間抜けだ。飛んできたというのならば、避ければいいだけだからな。たとえ木の下でちょっと昼寝をしていたとしても、完全に眠っていたとしても、避けられなかったオレが騎士団長として不甲斐ないという話だよな」

「ちが……、違うぞ、ザカリー!!　オレは、お前は何ていい男なんだと、見惚れていたんだ!!　ほら、水も滴るいい男というじゃないか!!　だが、お前は、インクが滴ってもいい男だな！　うん、本物だ!!」

オレは必死になって言葉を紡いだが、ザカリーは馬鹿にしたようにオレを見下ろすと、ザンドに視線を向けた。

「ザンド、悪ぃがオレはこれからデズモンドに大事な話がある。しばらく2人っきりにしてもらえねぇか？」

「だ、駄目だ、ザンド！　オレとお前は離れてはいけないんだ!!」

オレは必死に言い募ったというのに、ザンドは冷たい目をして拒否してきた。

「殺し文句ですなあ、団長。その言葉を元婚約者殿に掛けていたならば、今頃既婚者であったかもしれませんな。けれど、私は団長の婚約者ではないので、効きませんよ」

「お、お前、それは言ってはいけないやつだぞ！　オレの古傷が、ぐりぐり抉られるだろう

「……！」

あまりに非道な部下の物言いに苦情を言うオレを無視すると、ザンドは真面目な顔をしてザカリーに返事をしていた。

「承知いたしました、ザカリー団長。勤務時間も終了していますので、私はこれにて帰らせていただきます。お好きなだけ、デズモンド団長とお過ごしください」

「ザ、ザンド！　お前はオレの腹心のくせして、裏切るのか!?」

「まさかそんな。崇高にして善良なる第二騎士団長様が、腹心とも思っているような大事な部下に罪を擦《なす》り付けるようなことをするはずがありません。私は腹心ではなく、一介の騎士ですよ。だからこそ、こうして何の痛みもなく、デズモンド団長を怒れる最熟練の騎士団長の下に置き去りにできるというものです」

「ザ、ザンド……」

必死に取りすがるオレを笑顔で切り捨てると、ザンドは振り返りもせず部屋から出て行った。

オレに残されたのは、凶悪な笑みを浮かべた第六騎士団長だった。

そして、その日オレは、「ザカリーから大事な話をされる」という事の意味を、身をもって理解させられたのだった。

あとがき

こんにちは、十夜です。３巻でお会いすることができました。

読んでいただき、ありがとうございます。


大変な病が蔓延していますが、皆さま体調にお変わりはありませんか。

一日も早くこの病が収束して、安全・安心な日常が戻ってくることを、心から願っています。


さて、今巻ですが、やっと、３００年前の話を挿入することができました。

その中で、１番好きなシーンを表紙に描いてもらいました。

もう、素晴らしいの一言ですね！　口絵のフィーア×シリルも素敵です。chibiさん、ありがとうございました！


ところで、私は毎年おみくじを引いて、（信じたい）内容を信じるのですが、今年は人生で初めて「大凶」を引きました。

……あ、あるんだ！　大凶って本当に、存在するんだ！

恐る恐る内容を見てみると、まぁ、本当に酷いものです。全ての項目が絶望的で、一つの救いもありません。

暗たんたる気持ちでおみくじを眺めてみると、『落ちるところまで落ちました！　やったね！　後は上がるだけ！』的なことが書いてありました。

えっ、前向き！　大凶おみくじって、前向きだ!!

考え方によっては、そうですよね。今が底だとしたら、あとは上がるだけですね！　そもそも、現状の私はそう不幸だとも思っていないので、ここが底だとしたら、私の人生はそう悪くないように思われます。

……それとも、気付いていないだけで、一般的に見たら、私は相当不幸なのでしょうか？

そう言えば先日、どういうわけか階段から滑り落ちて、尾てい骨を骨折しましたね。しばらくは、座ることも難しかったような……

さらに、1年前に買った宝くじがどうしても見つからなくて、そうしたら、それが高額当選しているような気持ちにさせられて、大金を損した気分になりました……

——うん、大した不幸はないですね。

ということですので、上がるだけという未来が楽しみです。

最後になりましたが、ここまで読んでいただいて、ありがとうございました。

大変な時期にもかかわらず、本作品が形になることにご尽力いただいた皆さま、読んでいただいた皆さま、どうもありがとうございます。

おかげさまで、書籍化作業は今巻も楽しかったです。

がココにある。
私の従僕
私、能力は平均値でって言ったよね!
二度転生した少年はSランク冒険者として平穏に過ごす
～前世が賢者で英雄だったボクは来世では地味に生きる～
転生したらドラゴンの卵だった
～最強以外目指さねぇ～
戦国小町苦労譚
領民0人スタートの辺境領主様
毎月15日刊行!!
https://www.es-novel.jp/

あなたの"好き"
反逆のソウルイーター
～弱者は不要といわれて
剣聖（父）に追放
されました～
転生した大聖女は、
聖女であることをひた隠す
冒険者になりたいと
都に出て行った娘が
Sランクになってた
即死チートが
最強すぎて、
異世界のやつらがまるで
相手にならないんですが。
人狼への転生、
魔王の副官
アース・スターノベル
EARTH STAR NOVEL

EARTH STAR NOVEL

転生した大聖女は、聖女であることをひた隠す 3

発行 ―――― 2020年 5月15日 初版第1刷発行
2022年10月 5日 第5刷発行

著者 ―――― 十夜

イラストレーター ―――― chibi

装丁デザイン ―――― 関善之＋村田慧太朗（VOLARE inc.）

発行者 ―――― 幕内和博

編集 ―――― 今井辰実

発行所 ―――― 株式会社アース・スター エンターテイメント
〒141-0021 東京都品川区上大崎 3-1-1
目黒セントラルスクエア 7F
TEL：03-5561-7630
FAX：03-5561-7632
https://www.es-novel.jp/

印刷・製本 ―――― 図書印刷株式会社

ISBN 978-4-8030-1419-8